事迹与心迹

余斌／著

鲁迅与广告
茅盾小说中的性描写
《十八春》的雅与俗
[诗人]邵洵美
林语堂的"加、减、乘、除"
西南联大·大观园·鹿桥
初期白话文
序跋之类
同人杂志
几则书刊广告
作家与出版家
旧武侠·新武侠·超新武侠

三联书店

目 录

1 / 鲁迅与广告
5 / 鲁迅的书账
7 / "同路人"茅盾
13 / 茅盾小说中的性描写
19 / 茅盾与莫泊桑
27 / 《十八春》的雅与俗
37 / 张爱玲与林语堂
45 / "白话邪宗"
55 / 姚颖与《京话》
61 / 徐訏与他的现代鬼故事
71 / "诗人"邵洵美
77 / 《续结婚十年》"索隐"
85 / 石挥的小说
91 / 林语堂的"加、减、乘、除"
101 / "妾身未分明"
105 / 《大地》风波
115 / 西南联大·大观园·鹿桥
123 / 《未央歌》与古典小说的文人传统
129 / 初期白话文

135 / 传记文学的两途

143 / 序跋之类

147 / 从"新格拉布街"想到"亭子间"

153 / "三底门答尔"

159 / 劳动者的形象

165 / 记忆的修正

173 / 没"戏"

177 / 一九三七年的爱情

187 / 同人杂志

193 / 几则书刊广告

199 / 作家与出版家

205 / 不完整的书

209 / 社会小说的"作法"

215 / 尊卑有序

223 / 通俗作家的自卑心态

231 / 雅俗之间

235 / 旧武侠·新武侠·超新武侠

245 / 后　记

鲁迅与广告

把鲁迅这个名字与广告扯到一起似乎有点不伦不类，甚或有几分亵渎，因为人们对广告多的是厌烦，少的是好感。都说现今是信息时代，而最富侵略性的信息，恐怕首推广告，因为它无孔不入、无处不在，而那内容又皆咄咄逼人，足以"振聋发聩"，或是极尽挑逗之能事，隐然有你若不受招徕便要追悔终身之意。以我们对广告如此恶劣的印象，实在难以想象鲁迅与广告会有何瓜葛。

不过鲁迅的确草拟过不少广告，《鲁迅全集》中收录的就不下十数条，而广告的确也有不自吹自擂、据实道来的。

登在《京报副刊》上的《苦闷的象征》广告文曰："这其实是一部文艺论，共分四章。现经我以照例拙涩的文章译出。并无删节，也不至于很有误译的地方。印成一本，插图五幅，实价五角。鲁迅告白。"这里毫无渲染，且特别声明书的性质，"其实"二字下得尤妙，犹云："书中并无'性苦闷'之类，对某类书有特别兴趣之读者诸君幸勿误会。"搁在今日某些书商、出版社手里，那书名正可利用或是正希望其能有误导之效的，做此声明，岂非自断财路？

不妨拿近年某出版社所出林语堂《红牡丹》一书做个对照，那上面的广告语赫然写着"性的冲动,情的需求,演出一幕又一幕的风流艳事"。这已是堕入地道的"瞒与骗"了,我们通常所见的广告虽不致如此,然而夸大其词却是不免的,而说大话、唱高调,里面有意无意间实在也就含了"瞒与骗"的成分。鲁迅一生最反对瞒与骗,反对假大空,此种精神甚至也具体而微地体现在他拟的广告上。最好的例子是他为《莽原》重拟广告一事。

1925年,《京报》主持人邵飘萍与鲁迅商定出《莽原》周刊,随《京报》附送。邵飘萍遂拟了一条广告登在报纸广告栏内:"思想界的一个重要消息:如何改造青年的思想?请自本星期五起快读鲁迅先生主撰的《××》周刊,详情明日宣布。本社特白。"头一句即拉开架式,先声夺人;第二句问来亦是动人听闻,后面隐去刊名,则是故弄玄虚,设置悬念——广告的种种招数都用上了,似乎也并无大错。不道鲁迅看后大不悦,斥为"夸大可笑",遂以第三者口气重拟一条,并"硬令登载",且"不许改动"。于是第二天的《京报》上又出现了一则广告,云新出周刊一种,"是为《莽原》。闻其内容大概是思想及文艺之类,文字则或撰述,或翻译,或稗贩,或窃取,来日之事,无从预知。但总期率性而言,凭心立论,忠于现世,望彼将来云。鲁迅先生编辑,于本星期五出版。"——恳挚实在,诙谐风趣,与邵的夸张招摇恰好相映成趣。

但是事情还没完。邵飘萍虽因"硬令",只好刊出,内心却大约觉着太不像广告,故又在广告之后加了几句"无聊的案语"曰:"上广告中有一二语带滑稽,因系原样,本报记者不便僭易,读者勿以辞害志可也。"鲁迅看了哭笑不得,给许广平的信中叹道:"做事遇着隔膜者,真是连小事情也碰头。"

鲁迅多半是要碰头的，因为他与"广告界"的精神实在大异其趣。广告的本意大约不过是广而告之，据此，广告的要求应是准确地传递出某种信息，而商家做广告意不在此，要的是"轰动效应"，是轰动带来的经济效益。依照前者，鲁迅的广告可得满分，依照后者，则恐怕要判不及格了。

当然，鲁迅的广告还不止于据实相告，字里行间有调侃，有讥嘲，诸如"或稗贩，或窃取，来日之事，无从预知"之类的"滑稽"语，并非有意滑稽，亦非刻意摆出低姿态，而是暗有所指，比如这里就是和夸饰的作风唱对台戏，给邵飘萍们一点难看（邵飘萍应是同一战壕中人，后以"宣传赤化"的罪名被奉系军阀杀害，但以其趣味而言，实与鲁迅相去太远）。这就传出广告以外的信息了。难怪未与鲁迅反目之前的高长虹，看了未名社出版物后面的广告后，道是"普通的批评看去像广告，这里的广告却像是批评"，赞其"别开生面"了。所谓批评像广告，乃是那时的评论与今日的情形相仿佛，多有标榜吹捧之嫌；至于广告像批评，看鲁迅拟的广告便知。

我估猜高长虹看到的是一则题作《未名丛刊》是什么，要怎样？"的广告。里面如此这般地写道：

> 所谓《未名丛刊》者，并非无名丛书的意思，乃是还未想定题目，然而这就作为名字，不再去苦想它了。
>
> 这也并非学者们精选的宝书，凡国民非看不可。只要有稿子，有印费，便即付印，想使萧索的读者、作者、译者，大家稍微感到一点热闹。……大志向是丝毫也没有。所愿的：无非(1)在自己，

是希望那印成的书从速卖完,可以收回钱来再印第二种;(2)对于读者,是希望看了之后,不至于以为太受欺骗了。

写这广告时以鲁迅与胡适为首的一群名流学者已然分道扬镳,胡适等人开国学书目、青年必读书,已被目为或是自许为青年导师。明乎此,则所谓"学者们精选的宝书""国民非看不可"之类的反语,其批评锋芒指向何处,自是一目了然。

鲁迅确实是一位斗士、一个性格鲜明的人,他在回忆性的散文中固然时而借题发挥,对目下的人事旁敲侧击,甚至在广告中亦表达出自己的好恶,不忘对"学者们""好的世界"施以一击。现代著名作家中许多人因为办书店、编刊物、出书,都曾写过广告,如茅盾、林语堂、叶圣陶等。因是文人,笔下自然另成一格,与寻常广告大异其趣。不过鲁迅仍旧显得特别,不必问谁是作者,单看这峭拔的文风,看看里面的反语我们便知道,是鲁迅的手笔无疑了。

鲁迅的书账

鲁迅的论敌常对他有些恶形恶状的描绘，有夸张他被香烟熏黄的牙齿的，有想象他的"醉眼蒙眬"的，又是烟，又是酒，撇开背景不论，单从这些字面上去看，鲁迅倒真像是"失意文人"，或是像个名士了。实则鲁迅最是个认真不苟的人，即在生活小节上也绝无文人习气。常到鲁迅家走动的郁达夫发现他的书房里总是整整齐齐，书案上亦井然有序，且一尘不染。这真让郁达夫这个地道的名士派大为讶异了，因为他所知道的一些文人，书房总是凌乱不堪的。鲁迅的不苟从他的日记上也可见出。他的日记并不像今日某出版社推出的《名人日记》之类，里面到处是"思想火花"和滔滔议论，而是地道的流水账，简而又简，但他每日必记，从1913年起，到1936年去世，几乎没有一天落下。偶尔有几天漏记，也必要说明"失记"。既是仅限于记事，有时无事可记，记什么呢？记得最简的是只有天气，阴晴雨雪。我有位同窗曾细读鲁迅日记，告我他发现日记中常见"濯足""夜濯足"字样，而且有好多日日记里只有这两三字。回想一下，恍惚也有这样的记忆。这当然不是"濯足长江万里流"的濯足，不过是在脚盆里洗脚罢了。想来鲁迅每日伏案到深夜，脚已冰凉，暖水温泡，甚是惬意，故而常有此一记吧？据此也可推知鲁迅的日记多是次日记的，濯足完毕当从速就寝，不见得再去握管了。

不过鲁迅日记里记得最认真详尽、最清楚明白，也是给我印象最深的，还要算他的书账。鲁迅有一习惯，每购一书，不仅在那一日记下书名，而且也记下书价，巨细无遗，毫厘不爽。比如《仇十洲麻姑仙图》等图，每枚价仅八分，也都一一记录在案。1913年5月买的一册《观无量寿佛经图赞》所记价为0.312元，更是精确到厘了（可知那时买书的讲价是极细的，但不知几厘几厘是如何找法）。每年岁末，鲁迅照例要算一回总账，将所置书籍、图册、拓片等按购置的时间顺序一一列出，月为单位是小结，最后算清一年共花费几何，此外又还常算出平均每月花去多少。

鲁迅自奉甚俭，衣的朴素随便是不用说了，吃住行也都很简单，唯在买书上手脚是大的。平均下来，每年所费在500元以上。到上海以后，也许是生活安定下来，做长久计了，书买得尤多，一年常在800元以上。最多的1930年，总共花去2404元，平均每月约200元，相当于当时大学毕业生几个月的薪水。而到去世为止的20多年间，鲁迅的书账加起来将近13000元，买下三处北京八道湾那样大的宅子也够了。鲁迅的收入不能算少，然要买这么多的书，总也感到吃力了。1912年书账的后面有一段附记道："审自五月至年莫，凡八月间而购书百六十余元，然无善本。京师视古籍为古董，唯大力者能致之耳。今人处世不必读书，而我辈复无购书之力，尚复月掷二十余金，收拾破书数册以自怡说，亦可笑叹人也。"看来读书人买不起书，买得起书的人不读书的情形并不限于今日，然鲁迅不能"致之"的是古籍、善本，今日的读书人则在书店里面对着寻常的新书也不免有阮囊羞涩之感，只有流连忘返，不能满载而归了。

"同路人"茅盾

很久以前在《文汇月刊》上读到过丁玲一篇回忆瞿秋白的文章，文章写到瞿与她的好友王剑虹之间的恋爱，上海大学的情形，激进青年生活的种种，依稀传递出那个时代特有的一种革命罗曼蒂克的氛围。其中也提到了茅盾，虽只是顺笔带到，三言两语，我却至今还有些记得。其时茅盾在上海大学教中国文学，瞿秋白则是社会学系的主任，丁玲记述她做学生时对二位印象，大意谓瞿秋白风趣平易，与青年学生融洽无间；茅盾相较之下则显得矜持，师生之界是有的，说望之俨然也许稍过，总之是更像学者、教授吧。这恐怕很可以代表一般激进文学青年心目中茅盾的形象。并非是个人性情的品鉴（时代青年很少有这样的余裕），其中实在隐含着某种政治的评判和与此相关的情感态度。

须知学者、教授在社会上或许是受尊敬的人物，在革命青年的心目中则多少是感到隔膜的。如果说"五四"时期，作为代表"前进知识阶级"的群体，他们为青年所崇仰的话，那么到大革命时代，教授、学者、名人而要能获得革命青年的衷心拥戴，前提倒是在多大程度上不像学者、教授或名流。教授、学者体面的社会身份意味着与既定社会秩序的某种联系，其本身似乎就与"革命者"的概念有着不小的距离（照理说作家也属所谓"知识阶级"，应该一律看待，但或许因为其主体是没有固定职业的激进青年，故而作为群体，好像是被另当别论的）。即使倾向革命，教授、学者这些字眼所暗示的稳健、矜持、距离感、个人主义等，也妨碍他们无保留地献身革命。而在患着"小资产阶级狂热病"的激进青年那里，与革命之间的关系应是绝对无距离、无保留的。丁玲对茅盾的印象中，有意无意间正包含了这层意思，虽然茅盾并非严格意义上的学者，而是富于学者气质的作家。大革命失败后，茅盾一度消沉，与中共组织也失去联系，30年代他虽参加左联的工作，并且还是左翼文坛的头面人物，但事实上只被视为同路人。而在这之前，无须什么组织意见，在以革命主人公自居的青年那里，他无形中恐怕就一直被当作同路人看待。

做学生的丁玲不知道，那时的茅盾其实是货真价实的革命者，是中共党员。即使知道了，也不见得会全然改变印象，因为他还是有别于那些职业革命家。而在职业革命家眼中，茅盾这样的党员可能只被看作组织的外围，或者也可以称作党内民主人士吧？近读郑超麟《怀旧集》，其中《回忆沈雁冰》一文谈到对茅盾的印象，很有意思，或者也代表了党内（尤其是职业革命家）对茅盾这一类人的看法。

郑超麟是早期共产党人，在法国留学期间加入"少年共产党"（即后来的共产主义青年团），后赴苏联莫斯科东方大学学习，1924年回国，在中央机关从事宣传工作，曾做过瞿秋白的秘书，大革命失败后加入"托派"组织。在法国时，曾琦拉他加入"少年中国学会"，给他看该组织的会员录，他回忆道："我发现其中有许多在'新思潮'杂志（当是《新青年》之误）上写文章，如李大钊、恽代英、田汉、易家钺、王先祈、毛泽东等。出乎意外地，我发现其中也有沈雁冰……我想，原来沈雁冰也是属于'新思潮'方面的，与那些在《东方杂志》上写文章的名人不是一类。"所以感到意外，当是在《东方杂志》上屡见沈雁冰的文章，《东方杂志》是商务印书馆所办，其不革命自不待言，这上面的名人在他想来与革命者总是两路的。这时的郑超麟尚未入党，应属激进青年，他的诧异感与丁玲对茅盾的最初印象，二者背后的意识，实有相通之处。

郑回国到中央机关工作后，与沈雁冰有较多直接接触。渐渐知道沈雁冰是很早的党员，有了党的组织就加入了。郑是回国以后入党的，所以论资格，沈雁冰比他老得多。但这并不妨碍他怀有成见，甚或某种程度的不信任感。文章提到五卅运动中出现的两份杂志，《公理日报》是商务印书馆老板出钱让职工办的，照郑的推断，商务印书馆此举"一来为了表示爱国，二来是为了避免闹工潮"。故不敢畅所欲言乃意料中事。郑振铎是该报主编，沈雁冰无疑也参与其事。瞿秋白以为根本没有所谓"公理"可言，对该报极不满（可能多少也含有对沈的不满），遂创办《热血日报》。有意思的是郑对此事的议论：他承认《公理日报》因其性质所限，沈雁冰作为编辑之一不能扭转局势，"但即使他是主编，《公理日报》也未必能像《热血日报》那样冲锋陷阵。我想，即使把《热血日报》交给沈雁冰主编，他也做不出瞿秋白这个成绩"。言下之意，自然是说沈四平八稳，不够坚定大胆，不够旗帜鲜明。

当然最能说明问题的，还是下面这段话："当时，我们做党内工作的人对于沈雁冰的评价,认为他不是一个积极的党员,但如果党组织派给他什么任务,他会毫不迟疑完成的。沈泽民(茅盾之弟,中共早期党员)也是如此。但1924年秋和1925年春,我们奉命为'国民议会促进会'和'追悼孙中山'两个运动上街去演讲和散发传单时,沈泽民还是慷慨激昂的……我则未曾看见沈雁冰有此表现。"

这显然是不大有利的评价。看来那时党内对同志的评价,亦有不成文的标准,要视其是否足够"积极"而定,而"积极"须见于对组织的无条件服从,见于激烈的态度,尤见于群众斗争一类实际活动中之"风口浪尖"的表现,而不限于主义的坚执和完成派给的"任务"。像茅盾这样保持着某种独立性的知识分子,只能被视为消极了。组织安排给他的工作,在"做党内工作的人"的眼中,也许很大程度上是技术性的吧?从郑超麟的语气中可以感觉到某种程度的疏远,如果"我们"确能代表"党内",则那时的党内对茅盾的态度可说是尊而不亲,这也正是后来对同路人、对民主人士的态度。

茅盾的独立性(或曰"消极")尤见于大革命失败后的表现。蛰居上海期间,郑有一次去看他,"他明白向我表示反对当时党在农村实行的武装斗争路线",以为没有出路,"好像秋天的苍蝇,在窗玻璃上乱钻,结果还是钻不出去"。这是郑"第一次从同志口中听到的公然反对党中央所行政策的言论",吃惊不小,同时对沈的"公然反对"不以为然。他本人对现行政策也有怀疑,"但把反对的思想藏在心里是一回事,把反对的思想公开说出来,又是一回事"。显然,沈的言论如其不被理解为"离心"倾向,至少也被看作无组织无纪律的行为了。郑回忆说,他已想不起来事后是否向党组织汇报了沈的谈话,但他的反应已见出二人对"组织"的不同态度。

有趣的是，这番谈话以及《蚀》三部曲中表露的消极情绪，倒是后来郑以为茅盾可以成为争取对象的一个依据。其时郑追随陈独秀，已成为党内的反对派，正从事"托派"组织的活动。茅盾从日本归国后，郑去找过他，"我是怀抱政治目的的，即是向他宣传托洛茨基主义"。他没有遇到茅盾。但事后他却悬想："如果那天我见到他，同他说了话，以后又拿我们的文件给他看，将会产生什么结果。我想至少，他对于中国'托派'的主张不会那样隔膜吧。"事实是，茅盾已回到中共主流派的立场，在小说《子夜》中，更有对于"托派"观点的批判。只是这时他已不是中共党员，真正是党的同路人了。至于郑超麟这样的"托派"分子，则被开除出党，视为反革命，后来更被宣布为"汉奸"了。

　　虽然主张不同，茅盾与"托派"人物的私人关系倒未全然断绝。30年代他替生活书店编《中国的一日》，即转托汪原放请在国民党治下蹲大狱的陈独秀写一篇文章，陈文内容与当时中央的路线有不合处，他照样收入。抗战胜利后郑超麟托人将自己的一部译作送给茅盾，后者亦欣然收下，并且据郑所言，他还在来人面前大谈"托派"和中国共产党的殊途同归。此类举动郑超麟当然是赞赏的，对茅盾看似矛盾的态度，他的解释是："沈雁冰毕竟不会相信陈独秀、郑超麟，以及中国'托派'做了汉奸。他毕竟没有那么强的所谓'党性'。"对于"所谓'党性'"的鄙薄，或者是由自身经历而来的"伤心悟道"之言，只是不知郑如何协调他对茅盾前后大相径庭的评价：他早先对茅盾的不满，是因为茅盾未表现出坚强的"党性"；后来出于同样的理由，又对他表示赞许。变化的是郑超麟，茅盾则实有他一以贯之的地方的，他始终未全然放弃自我，组织之外，他还以他的方式坚持一份个人的判断。郑超麟早先的不信任感由此而起,后来之相信茅盾对"托派"必有公允的看法,也是为此。茅盾毕竟是"五四"时代的人物,"五四"过来的人实在是更健全的。至于在一个你死我活、非此即彼的年代,保持着某种个人立场的人是否只能扮演同路人的角色,那又是别一话题了。

茅盾小说中的性描写

似乎每个时代都有所谓"禁书"。禁的理由各有不同,然举其大者,又为我们熟知的,则不外二端:一曰政治,一曰性。政治的禁忌不比宗教的禁忌,与性的禁忌之间似无必然的联系,但政治上控制最严的时代,往往也是对性的禁锢最厉害的年头,此时禁书之多,自是无怪其然。"文革"时期便是显例,那时除"毛选"、鲁迅著作之外,真正可以称得上书的书差不多都被归为"四旧",在禁毁扫荡之列了。

然而禁书的诱惑实在是难以抵挡的。"文革"后期,紧张的政治气氛已稍显松懈,一些属于"封资修"的旧书在民间早已解冻,像我这样家中无藏书、也没有什么特殊渠道的中学生也可以比较容易地弄到手了。古人将"雪夜闭门读禁书"视为一大快事,那快意恐怕很大程度上是起于书之奇僻难得,我那时读的禁书则在这之前、在这之后,都是最寻常的大路货,今日的大学生若非师长的逼勒,也许碰都不会碰的,然那时对于我确乎有偷食禁果的意味。其实也并不存在一张明令禁止的书单,只是凡旧书总是可疑,不便大大方方阅读。这里面印象很深的一部是《子夜》,这也是我读的第一本茅盾作品。说印象深同时又根本不知所云,似乎有点自相矛盾,但我的确什么也没看明白。茅盾是30年代"文艺黑线"的要角,此书大写民族资本家,立场观点之成问题不言而喻,但这些年幼如我根本搞不清楚,书中又无攻击"伟大领袖"之类,所以政治上的犯禁感是没有的,茅盾所谓以此书参加关于中国社会性质论战云云,对我当然也是一片模糊。事实上我连基本的人物、情节也没搞清楚——我的注意力全被书中的"色情"描写吸引过去了,那朦胧的犯禁意识也由此而起。

《子夜》的开篇就让我看得莫名惊诧。吴老太爷从乡下来到十里洋场,马上感到都市艳冶淫荡的气氛的威胁,从路上到吴荪甫的客厅,那些摩登女郎身上飘出的肉香、嘴里发出的艳笑,更有近乎透明的轻绡中隐现的肌肤、舞蹈着的肉体上颤动着的乳峰,简直让老家伙喘不过气来。我也像老太爷一样地心惊肉跳,只不过他是要用《太上感应篇》来抵挡,我则是受到诱惑。我得承认,那些色香味俱全的描写令我心跳加速、面红耳赤。须知那时我从小说里领略到的男女风情,还在《林海雪原》里"少剑波雪乡萌情心"的水平,不要说我们从图书馆里只能借到的那些"文革""八股"书,即使私下里传看的"文革"前的小说,对于男女之际,也基本上是不及于"肉"的,我的记忆里,像"乳房"这样有些色情嫌疑的字眼就极少见到,写到"胸部"也就足以唤起些许遐想绮思了。

受到《子夜》的诱惑,后来又钻头觅缝去找茅盾其他的小说,《蚀》三部曲、《虹》、《茅盾短篇小说集》等都带着模糊的犯罪快感一一读了。这些书里的性描写更多,而且更"大胆露骨",在我看来,整个够得上"黄书"的级别。这些小说对于我似乎要比《子夜》亲切得多,虽然对其时代背景一无所知,像《幻灭》《虹》《创造》《诗与散文》中主人公的苦闷、追求,以及此中包含着的浓重的所谓"小资情调",对自命理想主义又易于感伤的少年人仍然有一种莫名的感染力。不过亦不必讳言,有关性的描写也是它们对我具有吸引力的一个部分。作者如果知道居然有读者部分地把他的作品当作"黄书"来读,一定会觉得匪夷所思,要以此来印证接受美学的理论未免过分,这毕竟是一个特殊时代少年人特殊的阅读经验,不过也就见出接受的因人而异,非作者的意图所能控制,即使是同一读者,阅读经验也真是以时间、地点为转移。

禁欲主义的时代早已成为过去,从《子夜》这样的小说以"犯禁"的方式得到一星半点、影影绰绰的性启蒙,实在荒唐可笑至极。不待成为新文学的研究者,我也已经知道,虽说性与宗教、死亡被许多西方作家视为文学的永恒主题,茅盾小说关注的主要之点却并不在这上面;另一方面,二三十年代的文学即在性描写方面也较后来开放得多,茅盾的"大胆露骨"并非是无出其右的。不过我少年时代的阅读感受也不能算全错,至今我仍然以为,茅盾是新文学名家中对性描写下了较多功夫的一位,而用今日用滥了的形容词,他的描写亦可说是相当"性感",为许多同时代作家所不及。《蚀》三部曲等书当年是真正的禁书,上了国民党图书审查机构的黑名单的,当然那是因为政治上的犯禁,可我也听老辈的人说过,《幻灭》等小说刚一在《小说月报》上连载即风靡青年读者,不少中学生带入课堂,上课时放在课桌肚里偷看,部分原因也是因为其中的性描写。据此看来,茅盾早期小说的畅销,大约与读者政治与性双重的犯禁意识不无关系。而我的阅读经验,也并非完全是个别性的了。

因为小说家的茅盾形象在《子夜》中定格，论者多将茅盾描绘成一位仰仗理性写作的作家。其实至少在他的早期创作中，茅盾也呈现出极感性的一面，《蚀》三部曲、《野蔷薇》诸短篇中流露出浓重的苦闷感伤情绪，这是论者和茅盾本人都谈到的，此外这类小说的富于感受性也见于他的性描写之上。他笔下的女性几乎都有着肉体上的魅惑力，不同于新文学中许多不同程度被精神化或性征多少被社会角色所掩的形象，她们几乎都暴露在敏感的男性视野中，于"时代青年""新女性"这些标识之下，分明呈现出作为性对象的全部特征。他的男女主人公在面对其他人生难题之外，大都同时面对着性的苦闷，性的冲动、性的困惑、性的焦虑和挣扎与政治上的追求搅拌在一起，时而形成转换，渲染出其生命律动的底色，茅盾早期小说的情绪张力多少是来源于此。新文学名家对于性，大多没有表现出茅盾式的敏感。在老舍笔下，性主题大体上是缺席的，巴金"爱情三部曲"等小说中的主人公与茅盾笔下人物有相似性，然他对性的描写相当精神化，不具感受性。钱锺书《围城》《纪念》诸作都涉及性心理，然他只有一种理智的兴趣，态度绝对地超然。沈从文小说、散文中都不乏性的描写，郭沫若赠他以"粉红色"作家的恶谥，恐亦多少与此有关，他的描写却是有距离的欣赏，相当审美化。与之相比，茅盾的描写要投入得多。类于《蚀》三部曲、《野蔷薇》中那些涉及性的描写，单凭观察是写不出来的，必有个人的体验在其中，这关乎他的经历，也关乎他的个人气质。王晓明论及茅盾对男人软弱心理的玩味时称"每个男人心中，大概都多少保留有一些眩惑于女性肉体的感受。茅盾是那样一种文弱清秀的体格，又接触过不少勇敢浪漫的女性，他当然不会对这样的感受感到隔膜"，即是有见于茅盾之植入个人的体验。

但是茅盾小说中的性描写也不乏理性的一面。这一点只需将他的描写与郁达夫的小说稍加比较即可见出。郁达夫的小说从《沉沦》到《迷羊》，均以性描写的大胆无忌著称，他的描写主观性极强，几乎全然是个人情绪的宣泄，因于反礼教的主题，常以一种极戏剧化的夸张的方式出现，又因个人心理气质方面的原因，常有某种病态的沉溺倾向，致使性在他笔下反失其真。茅盾则能于入乎其中地体验玩味人物的情绪心理的同时，又有出乎其外的冷静的分析，性的生理面与心理面，性动机、性欲望中掺杂的各种因素，在他笔下都有一定程度的观照，其间也多有微妙的转换，可以说他的性描写公式要比郁达夫复杂得多。他对人物性心理的刻画细腻准确，有工笔画的风致，实有赖于他冷静的一面，他的性描写亦因此比郁达夫更客观，合于心理写实的要求。当然这与他受到法国写实派作家的熏陶不无关系。

此外还应提及的是，还在成为小说家之前，茅盾就曾对性描写表现出学术上的兴趣。1927年《小说月报》号外《中国文学研究（下）》刊有他一篇题为《中国文学内的性欲描写》的论文，此文对中国文学中的性描写有史的通盘考察。以"五四"时代的科学精神加"人的文学"的标准，得出的结论是不难想见的：他认为中国文学中的性欲描写根本没有文学性可言，只有《飞燕外传》与《西厢记》中"酬简"一段算是例外。他以"色情狂"和实写性交的"性交方法——所谓房术"来概括中国性欲作品的"大概面目"，并指"采补术""色情狂"与"果报主义"为中国性欲小说的"几种怪异特点"，所以"我们不能不说中国文学内的性欲描写是自始就走进了恶魔道，使中国没有正当的性欲描写的文学。我们要知道性欲描写的目的在表现病的性欲——这是一种社会的心理的病,是值得研究的。要表现病的性欲,并不必多写性交,尤不该描写房术。不幸中国的小说家却错认写房术是性欲描写的唯一方法,又加以自古以来方士们采补术的妖言,弥漫于社会,结果遂产生了现有的性欲小说"。显然,这里面包含了茅盾对性描写的个人思考,他并未径直告诉我们何者为"正当的性欲描写"——具有文学价值的描写,亦未确指旧小说"唯一方法"之外应取的路径,不过他仍然暗示要写"病的性欲",把性作为"社会的心理的病"加以研究是走出"恶魔道"而归之于正的不二法门。

"性欲描写的目的在表现病的性欲"的说法颇值得怀疑,茅盾本人的性描写,就并非一概是病态的表现。然而不必"以辞害意",这里茅盾欲将性描写纳入反映社会生活的轨道的意图是明显的。他的小说也很能印证他的观点。有意无意之间,他小说中的性描写当然也是他为"正当的性描写"下的一个注脚,而他注重的,正是心理的、社会的角度。他的性描写几乎总是具有社会的意涵,传递出时代的氛围,有时甚至就是时代情绪的象征。说性与政治相互交织,成为他早期小说中的两大主导动机并不为过。而性可以成为他笔下的重要表现对象,也就见出他的重视,他显然把性视为人生的重大内容,因而也是文学的题中应有之义。

茅盾对此似乎一直怀有兴趣,直到晚年续写《霜叶红于二月花》,他仍颇费了些笔墨在性描写上,只是与早年相比,描写上是"绚烂归于平淡"了。

茅盾与莫泊桑

没有哪位作家敢拍胸脯担保自己不受其他作家的影响,不过具体地说到某位作家的影响时,颇有一些作家就不那么乐于认账。文学是尚独创的,承认了他人的影响似不免就减少自家的独创性,此其一。其二,有些读者论者,找出了作家模仿借鉴的对象便仿佛洞悉了作家的底牌,一举"抠底"之后如同占据了批评的制高点,不免就小觑了受影响者的劳动。虽说借鉴、模仿、抄袭的区别常常被重申,其间的界线却不那么分明。是故作家之"撇清""抵赖"或淡化某种影响,不乏自我保护的意思。

但是茅盾不大情愿把自己同莫泊桑联系起来,却是另一种情形。茅盾对莫泊桑的作品应说是相当熟悉,30年代《谈我的研究》中说到他对欧洲文学的涉猎,即称法国作家中他读得最多的是大仲马、左拉、莫泊桑三家。不仅熟悉,他还相当推崇,1920年1月他在《〈小说新潮栏〉宣言》中提出应首先翻译欧洲20位作家的43部名著,莫泊桑的《一生》就曾入选。1935、1936年间撰写《汉译西洋文学名著讲话》,他也没有忘记莫泊桑,对《一生》有故事梗概的介绍并有简短的评语。

可是后来他述及自己的创作与西方文学的关系时，多次提到巴尔扎克、左拉、托尔斯泰，甚至司各特、大仲马的历史小说，莫泊桑则被忽略不计了。显然他心目中莫泊桑的地位在降低，而他越来越喜欢"规模宏大，文笔恣肆绚烂的作品"，因此也就更乐意对《人间喜剧》《卢贡马卡尔家族》《战争与和平》的作者表示认同，相形之下，他恐怕认为莫泊桑的小说格局小了点。另一方面，依正统观点对茅盾的评价，是对他以《蚀》三部曲为代表的第一期创作多所挑剔，而对《子夜》以后的创作赞誉有加，茅盾本人也基本认可这样的评价，而以我之见，茅盾对莫泊桑有所取法，主要是在第一期的创作中，果如此，茅盾对莫泊桑避而不谈，也就可以理解。

还须考虑到的一点，是1949年以后"自然主义"在内地的恶名，而茅盾当年是把莫泊桑与左拉一同视为自然主义的代表作家的。受苏联的影响，现实主义与自然主义在中国一直有着严格的界线，前者符合马恩的典型化原则，被认为能够反映生活的"本质真实"而得到肯定；后者则因巨细无遗地罗列生活现象只能反映表面的真实，实际上歪曲了现实而受到批判。它的其他罪状还包括展览生活中的丑陋，以及赋予现实的某种阴暗理解，甚至还有对人的情欲的不加掩饰的描写。后一点似乎无关宏旨，但在中国却是相当敏感。80年代初重新出版的欧洲19世纪名著的后记，于一番"批判现实主义"的肯定之后，照例要下一转语说到时代、阶级的"局限"，《包法利夫人》《俊友》《一生》等书除了通常的"局限"之外，出版者还特别提到书中的"自然主义描写"，明眼人自不难看出，这差不多就是性描写的一种隐晦的说法。

茅盾是将自然主义引入中国的第一人，为此很长时间里他一直处在需要某种自我辩护的尴尬处境里。他关于创作的自我陈述中往往带着自我辩护的成分。比如强调他乃是在现实主义的意义上理解、接受自然主义,比如多提巴尔扎克、托尔斯泰,无形中淡化左拉、莫泊桑对于他的意义,——虽然这大体上倒也合乎实情(他所主张的自然主义并非原汁原味,左拉的"环境""遗传"之说,尤其是后者,对他没有多大吸引力,就"主义"的倡导而言,他不过是想借实证以克服中国文学描写不真实的弊端)。但他毕竟是捐过"自然主义"旗号的人,而左拉对他的影响在《子夜》中又尤见分明,所以他不能不提左拉,只是他最后把自己对左拉的倾心缩小到一点,即左拉对社会生活编年史式的大规模描述。至于莫泊桑,左拉的"史诗"式的意图他是没有的,没有了这一点,他的创作见出的似更多自然主义的"局限"了,且他与茅盾的关系似又不那么明显,茅盾也就宁可不提。

然而茅盾的小说(主要是早期作品)中,确乎可以看到莫泊桑影响的痕迹,而且在我看来,这影响相当程度上与莫泊桑的"自然主义描写"也即性描写有关。

莫泊桑在二三十年代的中国是一位很受欢迎的法国作家,但中国读者显然是在自己的语境中来理解和接受他,新文学作家对他亦是各取所需,不同的读者群有不同的共鸣点。莫泊桑是公认的短篇小说大师,其独具匠心的谋篇布局、精致巧妙的结构艺术奠定了近代短篇小说的一种模式。胡适向国人介绍西方短篇小说,称其特点是写生活的"横截面",莫泊桑小说应是这种说法的最佳例证。然而如同傅雷在40年代批评的那样,新文学作家大多热衷于先进"意识"的确立,对技巧则未尝在意或不屑一顾,莫泊桑作为短篇小说技巧大师的一面，相形之下也为中国作家所忽略。至少茅盾的短篇小说就看不出多少莫泊桑影响的痕迹，虽然他早年热心介绍莫泊桑，翻译过他的好几个短篇，同时也比较注重技巧。茅盾后来称自己的短篇多为长篇的压缩，不足师法，不管其中有无自谦之意，总之那写法不是莫泊桑式的。

有意思的是，比之于他的中短篇，莫泊桑的长篇未见十分出色，《一生》在他的长篇中则并非分量最重的一部，此书却颇得中国读者的青睐。夏丏尊在一篇题为《闻歌有感》的文章里有这样的记述："几年前，我读了莫泊桑的《一生》，对女主人公的一生的经历，感到不可言说的女性的世界苦。好好的一个女子，从嫁人生子一步一步陷到死的口里去；因了时势和国土，其内容也许有若干的不同，但总逃不出那自然替她们预先设好了的平板铸型一步。"这显然是在"五四"人道主义、妇女解放思潮背景下的释读，夏丏尊很自然地从中读出了对女性悲剧处境的同情，在当时这样的理解恐怕是很有代表性的。茅盾对《一生》似乎也相当偏爱，"汉译西洋文学名著"介绍30部名作，与其他书目相比明显分量不足的《一生》居然入选，即是明证。与夏丏尊也与一般读者不同，茅盾关心的不仅是其中的"思想性"（他的理解并非人道主义式的），而更注意莫泊桑的创作方法。简言之，他在自然主义的意义上理解莫泊桑。他称《一生》"既完全继承了《波华荔夫人》（今译《包法利夫人》）的手法，也继承了那里头的人生观……又不自觉地运用遗传和环境的学说"。所谓"《波华荔夫人》的手法"，当是指客观、冷静，不动声色的分析性写法，此前他也不止一次地谈到莫泊桑小说的这一特点。他之激赏自然主义，"实地考察"等写实手段之外，也正因其态度的冷静、客观。茅盾的创作一开始即显得与众不同，部分地应该追溯到法国作家（自然包括莫泊桑）这一面对他的影响。

莫泊桑引起茅盾注意的另一点是其小说中对于性的自然主义描写。创作方法的影响难于指实，而且以冷静、客观的立场而论，茅盾心仪的几位作家中，莫泊桑对他未必是最具影响力的，至于自然主义的性描写，则在茅盾的眼中，莫泊桑是最典型的了。1927年他在《中国文学内的性欲描写》一文中提到莫泊桑："我诚然浅学，未尝多读西洋的小说，尤其是专写性欲的小说见得很少，但是赤裸裸地描写性欲的西洋小说为世所称者，如莫泊桑的《漂亮朋友》之类，其中虽有极碍目的篇章（此已为译者所不愿照译），然而方之中国小说内的性欲描写，尚不免于小巫见大巫。莫泊桑的《一生》中也有几段性欲描写颇不雅驯，然而总还在情理之中，不如中国的性欲描写出乎情理之外。"这段话里的褒贬之意可以不论（评价莫泊桑的性欲描写本不在该文范围之内，此处不过是举以反衬中国文学中性欲描写之恶劣、荒唐），茅盾在一篇论述中国文学性描写的论文中挑出莫泊桑来做中西对比，倒见出他是把莫泊桑当作了西方作家中性欲描写的代表人物。就性欲描写"赤裸裸"的程度而言，茅盾常挂在嘴边的左拉似比莫泊桑有过之而无不及，左拉作品中以对性的自然主义描写著称的《娜娜》，茅盾也在"汉译西洋文学名著"中介绍过。单道莫泊桑而不提左拉，可能是茅盾当时尚未读到《娜娜》《小酒店》之类，也可能照他的理解，莫泊桑的性欲描写更为"色情"。不管怎么说，我们有理由相信，莫泊桑小说中的性描写一定给茅盾留下了极其深刻的印象。鉴于莫泊桑是茅盾心仪的作家，鉴于写上引文章以后相隔不是很久，茅盾即进入他的早期创作，而《蚀》三部曲《虹》

等作的性描写在小说中是重要的部分,且以当时的标准亦颇为触目,我们在他的性描写中隐隐张见莫泊桑的影子,就不应过于感到意外。

上大学时读《幻灭》与《虹》,总觉里面的有些段落似曾相识。记忆里搜索一遍,莫泊桑的《一生》是有"嫌疑"的。出于好奇,将《一生》找出对着翻了翻,发现两位作者对女主人公的性心理的描绘,尤其是写到性意识的萌动和觉醒,确有几分类似。《一生》的女主人公在修道院里长大,接受的是性蒙昧主义的教育,她丈夫则是个浪荡又极鄙吝的人。莫泊桑极细致地描绘了女主人公由一个全然不解风情的少女到情窦初开、接受男欢女爱的妇人的过程:她的无知、恐惧、好奇,因丈夫的粗鲁而生的震惊,对性的厌恶、排拒以及终在大自然的山光水色之间领略到肉体的欢悦,沉湎于爱的嬉戏,一度忘却了丈夫人格上的卑下。《幻灭》中的静女士初亦对男女事一无所知,一特务学生抱素接近并乘隙占有了她,初次的性经验加上认清抱素的真面目令她对性产生污秽不洁之感,反感厌倦,再无好奇心。后在病院中与强惟力连长产生爱情方解除心理障碍。巧的是,静女士也是在大自然中、在同强连长一同游庐山时,迎来了她性意识的全面苏醒,而且茅盾对她之沉浸于男女欢爱,强连长以她身体各部位取景点之名为乐的一些细节描写,与《一生》有微妙的相似。不难看出,茅盾部分地化用了莫泊桑的情节和描写,《一生》女主人公性心理过程,《幻灭》经由静女士与两个男人的关系来完成了。

《虹》里面关于梅行素与柳遇春的情节则在人物的位置关系上与《一生》有更多的对应。柳遇春像《一生》中的那位丈夫一样自私吝啬、寡情好色,只是没有前者的翩翩风度,梅女士受父母之命与他结合,从一开始对他就未抱有幻想。然梅女士对性的神秘仍有朦胧的猜测和期待，这期待因柳粗暴的举动而破灭（关于新婚之夜及梅女士此际的心理活动，茅盾的描写与《一生》多有仿佛）。此后在两人的共同生活中，梅女士的性意识还是渐次苏醒，并且对自己承认与柳在一起也并非全无愉快，多少与此有关，她甚至对柳的俗气可笑表露了某种程度的宽恕、谅解，直到发现他与其他女人有染，终而出走。

性描写只是茅盾小说中的一个部分（正像莫泊桑的《一生》，乃至《漂亮朋友》并非"性欲小说"一样），同时性描写在他这里也从属于他的题旨。上面列举的只是一些局部的类同，并不能从整体上构成两人小说之间模仿与被模仿的关系。其实要说异同，《幻灭》《虹》与《一生》之间的"异"倒是更一目了然，不谈两位作者主题上的大相径庭，不谈时代、政治这些概念在茅盾小说里的意义，单说静女士、梅女士都是走上社会的新女性，《一生》中的女主人公则保守得多这一点，也就够了，梅女士们性的经验，可以理解为她们面对的理想与现实更错综，甚至政治上追求与幻灭的某种转喻。但是《幻灭》《虹》与《一生》的某些相似仍然值得注意。我们不应忽略两位作家笔下主人公的异中之同，即她们同在一种禁欲主义的气氛中长大，前者有礼教的束缚，后者受宗教的禁锢，对于性同样的无知，同时茅盾像莫泊桑一样，对主人公性方面经历的困惑、苏醒、沉醉以至幻灭的过程，有细致入微的刻画。茅盾之前，似还没有哪位新文学作家刻意求工地写这一过程，又将其表现得准确细腻、丝丝入扣。（此外，《一生》是莫泊桑长篇中唯一一部从女主人公角度展开故事的小说，我们当然会想起，茅盾早期小说是以描写小资产阶级女性著称的，性经验、性心理的描写正是塑造这些形象的一个部分。《一生》的女性视角对茅盾是否也是一种提示？）

既然茅盾把莫泊桑视为性描写方面的代表性作家,他当然也是西方作家中引起茅盾对性描写关注的一人。茅盾称《一生》中有几段性描写"颇不雅驯",似不无微词,然又为其辩护,说"总还在情理之中"。其实,《蚀》三部曲、《虹》里的性描写以当时的水准同样称得上大胆露骨,但茅盾认定了性描写之于文学的重要,使之成为表现人生经验的一部分,也即是在"情理之中"了。这方面也许莫泊桑多少给了茅盾以信心,并且在描写的"度"与手法上提供了具体的示范。当然茅盾的性描写可以得之于他的观察、他的个人体验,但以上举他同莫泊桑的若干类似,说他同时也受到莫泊桑小说,尤其是《一生》的暗示,也是可以成立的吧?

《十八春》的雅与俗

西方有句成语,"诗人向他自己说话,被世人偷听了去",意谓诗人作诗纯出自然,心中绝不虑及旁人的存在。小说家没有自说自话的特权,体裁的特性注定小说必须容纳更多"解释""说明"的成分,有通俗小说而无通俗诗歌,则暗示小说毕竟是与读者更直接的对话。然而小说家并不因此就必然委屈了他的自我,他本能地选择那些和自己属于同一层次、同一类型的读者,所以尽管较诗人要多费些周折,他仍可以将隐蔽的自我放心地呈现出来。只有在一种情况下他的处境才变得微妙和尴尬:他试图与某一类读者攀交情,而他清楚地意识到自己在最根本的观念和趣味方面与他们格格不入,而且不甘将自我完全冷落。当张爱玲在《十八春》中有意识地向通俗文学靠拢时,她恰好落在了这样的境地——她不得不着手调和两种相互排斥的要求:读者大众的胃口和她作为一个严肃作家的创造冲动。这调和也许并不处于有力的控制之下,它更像是迎合大众的有意识努力与张爱玲艺术本能之间的一场遭遇战。

如果通俗小说确有自己的原则,那么它首先意味着必须向读者提供曲折复杂的情节。"曲折复杂"有其特定的含义,具体到言情小说，则是情节应尽可能地感伤和悲切，感伤到足以刺激读者的泪腺。张爱玲深知最具流行性的小说乃是"温婉，感伤，小市民道德的爱情故事"，既然男女之情是她的一贯题材，在《十八春》中她需要额外付出努力的，便是为故事涂染上小市民意味的感伤色彩。

《十八春》叙述男女主人公沈世钧、顾曼桢18个年头悲欢离合的爱情经历。小说第一部分写两人相识、相爱，直至定情的过程；第二部分则建筑在一个精心设计的误会之上——世钧误以为顾家远亲张慕瑾是自己的情敌——交代两人误会的由来及消除。张爱玲素长于男女间感应、磨擦等种种心理的准确把握和精细刻画，这两部分（尤其是第一部分）写来舒卷自如，浑然天成。但是她显然感到它们对小市民的胃口也许寡味有如清汤，于是她很快掀起了第一个波澜：曼桢的姐姐曼璐（她过去是个舞女）为拢住丈夫祝鸿才，居然设圈套让他占有了久已垂涎的曼桢，并将她禁闭起来。这个事件成为小说中一个突兀的转折，糟糕的是，它的发生不仅对沈、顾这对恋人有如飞来横祸，而且对张的艺术天性也是一个意外。张爱玲肯定知道这一安排注定要破坏小说的和谐，但为要使故事尽可能感伤的意图所限，曼桢的命运似乎早已无可挽回：其一，曼璐的阴谋一定会得逞；其二，曼桢在逃出姐姐、姐夫的控制之后还得继续受苦受难。假如张爱玲是个一味讨好读者的老手，她蛮可以在曼璐设计到计谋得逞之间制造紧张的悬念，从中发掘各种噱头，但是她的本能大约阻止了她使用这一类招数。不过读者仍可以在她的第二个选择中得到补偿：还有一系列磨难等待着曼桢，她将为了孩子的幸福嫁给仇人，这以后她将发现他另有情人，决意离婚，她将领着儿子孤苦无靠地过活，等等。

上面的两个重大安排既然是外在于故事逻辑的强行规定,张爱玲只好仰仗一连串的巧合来完成二者之间的过渡,这使《十八春》差不多进入了标准的情节剧模式。做出第一个安排之后,她的全部想象力似乎都在用于阻止男女主人公的会面。很显然,只要二人很快相逢,曼桢颇能赚取读者眼泪的受难史便难以为继。要剥夺二人相逢的机缘,最好的办法莫过于让他们自己绝了相互寻觅的念头,这里的关键是如何促使世钧在误以为曼桢已嫁给慕瑾的情况下灰心丧气,与石翠芝结婚,从而留给曼桢一个无可挽回的局面。于是有无数的巧合事件跑来助世钧完成他的误会。这些误会包括:曼桢受辱后不久世钧陪父亲看病,医院中一个饶舌的护士恰好是慕瑾同乡,世钧从她口中得知慕瑾刚刚结婚,新娘子恰好是上海人;曼桢在禁闭中想买通曼璐的丫鬟通消息,用的恰好是世钧赠予的信物红宝石戒指,这戒指落入曼璐手中,当曼璐欺骗世钧时,它被举为曼桢已背盟约的证据;曼桢获自由后立即给世钧写信,这封信恰好落到世钧母亲手中,为使儿子同翠芝的婚事免生枝节,她将此信瞒过不提。如果没有这一连串的巧合,世钧不会放弃寻找,而只要他不停地找,看来没有什么东西能够阻止他达到目的。

自亚里士多德开始,巧合、误会一直被当作一种有效的戏剧手法,泛而论之,它也是一切叙述作品的构成因素。严肃作品和通俗作品一样,需要巧合帮忙凑趣,问题是,它在故事中扮演怎样的角色?一个多少具有可比性的例子是《围城》——方鸿渐与唐晓芙的分手正是一连串巧合的结果。但是这些巧合只被用来促成主人公遭受的心理挫折,对小说的主旨并无决定性影响,按照杨绛的阐释,方、唐二人纵使结为夫妇,最终也还要陷入"无立足境"的困窘之中。巧合在《十八春》里却成为故事的结构基础。就外在方面而言，它们决定着情节的发展，抽取这些部分，小说立时散架；就内在方面而论，则直接影响到作者对人生悲剧的解释。形式从来不是可以随意剥离的外壳，情节剧模式的一个重要特点是，它只对导致悲剧的外在、偶然的因素做出反应。《十八春》只能让我们得出这样的结论：沈、顾二人的悲剧是恶人陷害加巧合事件捉弄的结果。这与张在《传奇》中表露的悲剧意识正好相反，她的一贯信念是，人性的偏执、情欲的盲目注定了悲剧是不可避免的。毫无疑问，放弃这一立场是张爱玲为迎合大众胃口付出的最惨重的代价。

张爱玲在《十八春》的整体设计中捐弃了自我，这局面已无可挽回，只有从她对人物举棋不定的处理以及故事结尾的矛盾的意向中，我们才得以比较清楚地看到通俗的要求与她的艺术本能之间的对峙——尽管让步依然是前提，而自我只是在自我保护的消极意义上畏畏缩缩地呈现自身。

读者大众的胃口天生具有道德化的倾向，简言之，他们希望作者提供一个善恶分明的二元世界：好人和坏人。张爱玲早先的小说世界有两类人居住，喜剧人物和悲剧人物。前一类是调侃嘲讽的对象，要憎恨尚不够格，所以算不上"坏人"；后一类是悲悯的对象，但其不幸常与自身弱点有关，所以不是严格意义上的"好人"。在《十八春》里，张爱玲一反常态，把人物朝着正反两极推送。顾曼桢富于同情心，充满仁爱精神，是个近于完美的人物。张爱玲深知以《传奇》式对人性弱点不留情面的剖析以及对悲剧人物同样出之以同情与讽刺兼重的态度，势必触犯读者大众扭捏斯文的道德趣味，所以她不引导读者去发现曼桢的弱点，这个人物于是比葛薇龙、郑川嫦更能激起读者全心全意的同情。

　　与曼桢相对照,她的姐姐、姐夫扮演了恶人的角色。祝鸿才无疑是个都市流氓,但由于过于猥琐卑劣,他只是个不能认真对待的小人。曼璐反而更吃重地以邪恶面目出现,设圈套赚取曼桢已是罪不可恕,此后她在哄骗世钧时的不动声色,在安排母亲避开世钧时的冷静周密,更使她显得狰狞可怖。这一类情节令人联想到《金锁记》中曹七巧对女儿婚事的疯狂破坏,假如七巧所为表现了张爱玲在受阻情欲盲目破坏力量面前感到的惊恐,那她同样可以通过曼璐所为来探测人性丧失的另一种情形:扭曲性格为了保住虚幻可怜的既得之物会怎样不顾一切地铤而走险。《十八春》显然没有达到这样的高度,张爱玲只是用疯狂把曼璐填进了恶人的模子,因为没有像七巧那样得到一个自省的机会,当曼璐最后一次哭哭啼啼地出现时,她仍然难以得到读者的同情。

　　但是,张爱玲不甘远离悲悯众生的一贯立场,曼璐去禁闭室探视的一幕暗示她不想让读者充分发展憎恨的情绪。这是曼璐吃了曼桢一掌,怔了半天之后:

　　……她冷笑一声道:"哼,倒想不到,我们家里出了这么个烈女,啊?我那时候要是个烈女,我们一家子全饿死了!我做舞女做妓女,不也受人家欺侮,我上哪儿撒娇去?我也是跟你一样的人,一样姊妹两个,凭什么我这样贱,你就尊贵到这样地步?"她越说声越高,说到这里,不知不觉的,竟是眼泪流了一脸。

　　曼桢根本没有用"舞女"等字眼表示她的愤恨与轻蔑,曼璐看似文不对题的发泄，正好暴露出她难以明言的自卑以及为这自卑加重了的屈辱感。正因为曼璐当舞女确实是为家庭做出的牺牲，而她今日的处境与此直接相关，我们不得不部分地采取她的立场，同情她的自怜和自伤。可惜，这个片段已无法挽救曼璐的形象。

《十八春》的结尾实际上有两个：一个是情节上的结尾，即简短的尾声；一个是情绪上的结束，即男女主人公重逢后在小吃店备述前因的一幕。尾声是个一望而知的光明尾巴：曼桢和世钧一家都来到东北支援建设，曼桢和世钧妻子翠芝关系融洽，更重要的是，有情人终成眷属虽已毫无指望，张慕瑾的出现以及作者对他与曼桢二人幸福未来的隐约许诺，却使结局至少在表面接近大团圆，这对大众读者期待故事惩恶扬善的心理肯定是一种安慰。

情绪上的结束值得引录于下。这是世钧、曼桢各自叙述了离别后的经历之后：

> ……他们很久很久没有说话。这许多年来使他们觉得困惑与痛苦的那些事情，现在终于知道了内中的真相，但是到了现在这时候，知道与不知道也没有多大区别了。不过……对于他们，还是有很大的区别，至少她现在知道，他那时候是一心一意爱着她的，他也知道她对他是一心一意的，就也感到一种凄凉的满足。

语句的婉曲周折包容了肯定与否定两种不同的意向。两人在离别十几年后终于完成他们的"心证意证"，这是肯定；此时的心心相印改变不了"落花流水春去"的现实，这是否定。这段文字制造出不胜低回的哀婉气氛，说明张爱玲还是把重音标向了否定的一面——满足而不能不是"凄凉的满足"，小小的圆满之中显示的反而是人生更大的缺憾——这使我们得以重温张氏小说中特有的苍凉意味。

两种结束，前者是奉送给读者的甜点心，后者是留给自己细细品味的一盏苦茶。假如因为都可以在自我中找到情绪基础，张爱玲不难协调第二种结束中两种意向而加以辩证把握的话，那么因为第一种结束与她的自我相去太远的缘故，她根本无力把它同前者调和起来，让它们奏出悦耳动听的和声。

但是《十八春》也有个别的片段是地道的张爱玲式的。或许正因无关大局，张爱玲暂时可以彻底地放纵一下自己。对于我们，这样的片段提供了一个机会：看看在不受读者胃口影响的情况下，张爱玲的理解力和感受力能达到什么样的高度。兹举二例。

一日，曼桢在医院撞见祝鸿才和他的姘妇，数日后她得知那天坐在鸿才身旁的小女孩并非鸿才所出，而是那女人的拖油瓶女儿。曼桢大感意外，陷入沉思，回想起当时的情景：

> 那小女孩抱着鸿才的帽子盘弄着，那一个姿态不知道为什么，倒给她很深的印象。那孩子对鸿才显得那样亲切，那好像是一种父爱的反映。想必鸿才平日对她总是很疼爱的了。他在自己家里也是很痛苦的吧？倒还是和别人的孩子在一起，也许能尝到一点家庭之乐。曼桢这样想着的时候，唇边浮上一个淡淡的苦笑。她觉得这是命运对她的一个讽刺。

这个片段引导我们窥视了祝鸿才生活的另一面。任何时代父爱都是一种价值，对于祝鸿才，父爱的存在是他人性尚存的证据。父爱不能施之于自己的孩子而需另找对象，反映了他在家庭生活中的落寞与孤寂。他是活该，但这痛苦本身却自有其真实性。曼桢并不因此改变离婚的决心——那样的牺牲未免奢侈——但是能够觉察出祝鸿才的痛苦，她对人生的悲剧性就有了进一步的认识。祝鸿才生活中的这一面全从曼桢的视角侧面写出，不加一点铺陈和渲染，作者显然无意于展示"人物性格的两极对立"，她用曼桢"淡淡的苦笑"来确立自己的宽广的道德视景：即使在最不堪的人物身上，她也能体味到尘世生活的非个人的大悲。就在这里，张爱玲上升到她在《传奇》中常可企及的境界——"了解的同情"。

上面的片段使我们达到悲悯，下面这个片段则令读者于一个看似寻常的情境中领略到某种荒诞感。这是曼桢在禁闭中，一个木匠在外面敲敲打打，他受曼璐之命把这间屋子改造得更像禁闭室，曼桢感到自己已经处在疯狂的边缘：

……木匠又工作起来了。阿宝守在旁边和他攀谈着。那木匠依旧很平和，他说他们今天来叫他，要是来迟了一步，他就已经下乡去了，回家过年去了。阿宝问他家里有几个儿女。听他们说话，曼桢仿佛在大风雪的夜里远远看见人家窗里的灯光红红的，更觉得一阵凄惶。……

门外的对话象征着日常生活的正常秩序。一门之隔，咫尺天涯，曼桢在事实上走不进那个世界，在心理上则不能接受这异样的正常。荒诞感恰好来源于此：外面的音响真实得可怕，正常到反常。钉锤敲打声与对话声经曼桢意识的放大更显得格外矛盾，不调和。"那钉锤一声一声敲上来，听着简直锥心，就像是钉棺材板似的"；木匠和阿宝的拉家常又是如此漠然和平静。一边是绷紧的神经，一边是施与刺激者的浑然不觉，于是最平淡无味的家常话对于曼桢成了"静静的杀机"——充分戏剧化了的情境与充分戏剧化了的心理，这是道地的张爱玲式的紧张。与此相比，她为给故事增加廉价戏剧效果而杜撰的另一幕——世钧到曼璐家打听曼桢下落，曼桢在禁闭室听见脚步声，高喊救命，因大病之后嗓子喑哑发不出声，只听见自己喉管里沙沙地响——实在有些流俗。很遗憾，我们经常领教的是后者而不是前者，这里称道的两个片段在《十八春》里遂成为作者才华的孤立无援的证据。

如果可以对"雅""俗"二字的弹性加以利用，我们不妨把《十八春》中的两种意向看作雅俗之间的冲突。在自觉地转向大众读者之前，张爱玲对这矛盾不以为意，她的建设性方案颇具乐观色彩："将自己归入读者群中去，自然知道他们所要的是什么。要什么就给他们什么，此外多给他们一点别的——作者有什么可给的，就拿出来……作者可以尽量给他所能给的，读者尽量拿他所能拿的。"（《论写作》）可是真正"把自己归入读者群"之后，她发现自己的那"一点别的"还是不拿出来为妙，"尽量地给"则简直近乎奇想。抛弃自我对严肃艺术家不能不说是一种痛苦，还在写《十八春》之前，她已经在《多少恨》短小的前记以及关于电影《太太万岁》的题解性的文章中公开抱怨大众读者酷嗜传奇情节的胃口难于应付,简直不给她的自我留余地。要想在迁就读者的同时不完全放弃自我,作家必须在一定程度上使自己具有双重身份,张爱玲在《十八春》中因此徘徊于雅俗之间,她在实践"要什么就给他们什么"的许诺,同时,至少是下意识地,她也在寻找一点补偿。

张爱玲与林语堂

把这两个名字扯到一块,只好先从张爱玲这一面去说,——林语堂曾经是张爱玲的偶像,林语堂知道不知道张爱玲其人,则不得而知,两人似乎没见过面,林氏是否读过张的作品,如果读过是否欣赏,都无从说起。

张爱玲一度对林语堂甚是仰慕,或者准确地说,是羡慕,这有她的自供为证。《私语》里以一种戏谑的口吻说到她中学时代立下的宏愿:"……在前进的一方面我有海阔天空的计划,中学毕业后到英国去读大学,有一个时期我想学画卡通影片,尽量把中国画的作风介绍到美国去。我要比林语堂还出风头,我要穿最别致的衣服,周游世界,在上海有自己的房子,过一种干脆利落的生活。"除了她"旁逸斜出"的对衣服的依恋和由对旧式家庭生活的憎恶而生出的遐想("一种干脆利落的生活"),她为自己设计的这条路可以说是林语堂式的,林语堂是她的一个参照人物。我们不知道林语堂的哪些作品令她大感兴趣,不过这并不重要,重要的是林语堂提示了一条道,在这条道上,"林语堂"这个名字是"成功"的同义语。

林语堂给中学时代的张爱玲留下如此深刻的印象,似也顺理成章。她处在充满幻想最喜"立志",成名人物最有感召力的这个时期,恰好是林语堂名声如日中天的年头。30年代初,林语堂因创办《论语》《人世间》等杂志,提倡"性灵""幽默"而名声大噪,成为"大师"(在此之前他只是作为"语丝"阵中的一员,或是作为一位语言学者出现,似还没有"自立门户"),1935年,《吾土吾民》在美国出版大获成功,这使得他的名声更上层楼,具有了某种国际性,他也因此开始被认为是向西方介绍中国最成功的人。吸引张爱玲的显然更在后一方面,那时她大约十六七岁。

当然并非所有的年轻人都对林语堂式的成功表示神往,激进的文学青年对他嗤之以鼻,他的成功有时反成了他"西崽相"的证明,无论从信仰、教养、自身的条件等方面,他们似乎都有理由拒绝他。在兵荒马乱、左翼占据文坛主导地位的三四十年代,年轻一代中他的追随者非常有限。但张爱玲恰好生活在林语堂影响最为有力的圈子——所谓"高等华人"的圈子里。这个圈子中人多崇尚西方,林语堂在西方获得的成功对他们是最有说服力的。张爱玲其时随母亲、姑姑生活,她称姑姑是"轻度知识分子",她母亲也应属之,她们以及她们交往的人大约都是林语堂(包括他办的杂志)的忠实读者。

另一方面,张爱玲中学念的是圣玛丽亚女校,这所学校系美国教会所办,与圣约翰青年学校、桃坞中学同为美国圣公会设立的大学预科性质的学校,这些学校中成绩优异的学生可以有机会到英美的名牌大学去深造。林语堂即是圣约翰学校的学生,被保送到美国读书的。这名著名的校友不仅是母校的骄傲,而且作为青年学生的样板,在性质相同的其他两所学校里,肯定也常被校方和教师挂在嘴边。这恐怕多少是张爱玲决心追随林语堂的一个原因。她的同学中崇拜林语堂者也许不在少数，不过如她这般顶真地想在名气上超过林语堂的，大约很少，不光是她们没有张的心高和聪明才气，更因为她们大多是准备做富贵人家的太太的，不必选择个人奋斗的路。

张爱玲并非只是做做白日梦，她也在"躬行"。有一个时期，她似乎在一步一步地朝她的目标迈进。她在圣玛丽亚女校成绩优异，文学才能更受到师生一致的肯定。尽管毕业后未能考上圣约翰，然温书两年，她考取了英国伦敦大学，只是因为太平洋战争爆发才转而就读香港大学。说起来这期间她与林语堂还有些间接的关系，即她的处女作《天才梦》在林语堂系统的杂志《西风》上得了征文名誉奖第三名。

《西风》是30年代极走红的杂志，"以译述西洋杂志精华，介绍欧美社会人生"相号召，风格近于美国的《读者文摘》。它的编辑兼发行人黄嘉德、黄嘉音兄弟是林的合伙人，后者名义上则是杂志的首席顾问，文章常是上面的重头戏，《生活的艺术》也是黄嘉德首先译成中文在上面发表的。张爱玲中学时代在文学上做过种种尝试，她自言鸳蝴体、新感觉派甚至普罗文学都写过，而她第一篇公开发表的文章登在林派杂志上，不能说完全是个巧合。不过这时林语堂早已去了美国，假如他还在国内，假如他也参与征文的评奖，我想以他的眼光，以他对"奇文"的情有独钟，《天才梦》纵使不获头奖，位次也必要大大靠前的，——名誉奖是安慰性质，名誉奖第三名也即得奖者的末位，而前面的获奖作品大多极平庸，对此张爱玲多年后仍不无耿耿。

在港大期间，张爱玲似乎仍在继续做她的"林语堂梦"。她发奋攻书，一连拿了几个奖学金，成绩始终名列前茅，极有望毕业后由学校保送去英国深造；她又苦习英文，为此发恨三年没用中文写作，写信也是英文，当她离开港大时，英文已有不凡的造诣，她姑姑甚至说她的英文"好过中文"。凡此似都为她的林语堂梦铺平了道。不料毕业在即，日本人攻占香港，张爱玲好梦成空，不得不辍学回到上海。然而即便如此，张爱玲初出道时与林语堂的成功之路仍有可以比拟处。

林语堂在西方世界获得成功，其始因是他在西人在中国办的英文刊物上发表的文章，有一家叫作《中国评论周报》的杂志，林语堂在上面辟了"小评论"专栏，所写文章谈社会、谈时政，也谈日常生活，写来皆大胆锐利、新鲜活泼，因此引起了读者的注意。这里面就有以反映中国人生活而出名的美国作家赛珍珠。她后来与林成为朋友，正是在她的鼓励之下，林语堂用英文写成《吾土吾民》，此书在美国的出版也是她促成的，如前所述，林语堂因此书在国外一举成名。

张爱玲回到上海后，以英文写作开始她的"卖文"生涯，她向上海一家主要面向西方人的英文月刊《二十世纪》投稿，第一篇 *Chinese Life and Fashions*（《中国人的生活和时装》，即后来的《更衣记》的蓝本）发表后即"备受称赞"（杂志编者按语），其后续有所作，自1943年5月到这一年的年底，几乎《二十世纪》每一期上都有她的文章。她的这些文章大体上可说走的是林语堂的路线： 用轻松而饶有风趣的文字向外国人介绍中国文化，中国人的生活（虽说她不像林语堂那样谙熟中国的典籍，其文章也更带感性色彩，据以解说中国人生活的，更多的是她对中国人生活方式的感悟）。有意思的是，《二十世纪》主编克劳斯·梅涅特对张特别赏识，初次发表张的作品即向读者郑重推荐，誉张为"极有前途的青年天才"，发表 Still Life（《依然活着》，中文本即《洋人看京戏及其它》）时评曰："她不同于她的中国同胞，她从不对中国的事物安之若素；她对她的同胞怀有的深邃的好奇心，使她有能力向外国人阐释中国人。"发表 Demonsand Fairies（《神仙鬼怪》，中文本即《中国人的宗教》）的那一期则有编者按云："她以独有的妙悟方式，成功地向我们解说了中国人的种种心态。"这些评语加在一起，在我们看来，倒像是他发现了又一个林语堂式的作者。

张爱玲还不具备林语堂的全面介绍中国的能力，可这时她似乎已经开始踏上林语堂的成功之路了，而她才 23 岁。可惜梅涅特不是赛珍珠，没有后者的名声和地位，不能把张爱玲推向西方，战时的环境也不允许。否则照那时的势头，张爱玲是否由此就真的步了林语堂的后尘，真还说不定，——"比林语堂还出风头"不大可能，介绍中国生活的种种她总是胜任的。

《二十世纪》的天地太小，读者主要在租界，影响极其有限，文章的"备受赞赏"并不足以帮助张爱玲实现她"出名要趁早"，而且要出大名的愿望。另一方面，张爱玲的禀赋、气质与林语堂实有差异。梅涅特说"她对她的同胞怀有深邃的好奇心"，确有眼光。这种好奇心我们在林语堂那里看不到，中国人的生活对他并无新奇可言，他只是以全知的架势熟极而流地向无知的西方人做介绍，而他最感兴趣的，似乎是向西方人推销一种他所推崇的中国式的生活姿态。张爱玲对中国人的生活则保持着类乎初次面对的新鲜感，一面固然在向外国人解说；另一面在她自己，也就是好奇地张看，是一连串惊异的发现。此种好奇心，此种"张看"的欲望，加上比林语堂复杂暧昧得多的对中国人生活的感受，使她不能长久地安于林语堂式的轻倩的介绍方式。

不管怎么说，各种因素加在一起，使张爱玲同时也在面向她的同胞用中文写作，期待着更能读懂她的作品，也更能给她带来名声的同胞的喝彩，而且一旦她在文坛上站稳了脚跟，她便与《二十世纪》挥手作别。林语堂赴美之前在中英文写作上都已建立了名声，但在《吾土吾民》之后他便只用英文写作，三十年没有写中文，直到年老力衰，写作上再无更大抱负时才重新捡起。在较小的规模上，我们可以说1943年的张爱玲也在这两方面获得了成功，她则舍弃了英文写作，直到50年代初到香港之后。我们不好据此就说，张爱玲更愿意设想她的读者是中国人，而林语堂宁可他的读者是外国佬：环境的变化对人的选择常有左右之力，林语堂若非生活在美国，肯定不会尽弃中文；而张爱玲到了海外，也重新用英文写作了。

不过张爱玲即使重新开始英文创作之后，也一直没有放下写中文的笔，除了《红楼梦魇》、《张看》及其他零星发表的散文不算，她还自己将英文创作一一译成中文，而且译来像是重写，丝毫看不出翻译的痕迹。她把《海上花列传》译成英文，这是她在美国的"工作"，她同时仍念兹在兹想着中国读者的阅读障碍，译出了中文本《海上花》。

林语堂则几十年里是真正与中文写作绝缘，也从未翻译过自己的作品（面对国内种种粗制滥造、错误百出的译本，他虽愤愤然而终不肯自己动手，据他自己的解释是，他的创造力太旺盛，没时间去弄翻译）。其间的不同，固然有张爱玲对自家作品十分珍重，没有林语堂的洒脱，二人的想象力一活跃粗放、一执着幽深等因素；然而可能也暗示了张爱玲对中国的语言文字，对中国读者有更深的情愫。她不像林语堂那样对西方读者的理解力怀有信心。只是这里还有一问：假如张爱玲在国外也像林语堂那样畅销，她会不会整个只去面对西方的读者？很难说。不过如果她照最初卖洋文的路子走，也许会获得成功，依她重操英文以后的写法，其作品在西方注定"行之不远"，而到她写《秧歌》时，她的趣味、信念、心态都已经不允许她回到早先的路上去了。

  到这时，林语堂这个名字在张爱玲的心目中可能早已掉彩褪色。40年代，张爱玲红遍上海，成为沦陷区首屈一指的小说家，而这时，林语堂用英文写小说，《京华烟云》《风声鹤唳》已在大洋彼岸引起巨大反响，前者甚至被认为"很可能是现代中国小说的经典之作"（《时代周刊》书评）。作为小说家，张爱玲对这位昔日的偶像、现在可称同行中的同行的情况肯定不会一无所知。但不知她是否读过林的小说，如读过又有何评价。不过可以料想，如果她对《生活的艺术》一类的书可以接受，她对林语堂写的小说肯定不以为然。两人写小说的路数相去太远，单是以中国人为对象与以西方人为对象这一点，就使二人泾渭殊途，张爱玲写出她对人世生活的观察和感悟，林语堂则有意无意间总是在以小说做介绍中国的工具。进而言之，林语堂笔下的人物常是观念的演绎，小说写来过于理念化，同时也缺少真正的个人视野，张爱玲最讨厌抽象的理论，其小说充满丰盈的感性，而仅凭一部《传奇》，她已经创造出了一个独特的世界。

  50年代初张爱玲在香港写成《秧歌》和《赤地之恋》，既然是用英文写作，且又负有宣传的使命，照理说应像林语堂一样为西方读者设身处地了。张亦未尝不想迁就读者，但她作为一个地道的小说家所具有的素质，她越来越追慕的"平淡而近自然"的风格，都使她显得过于矜持，她的迁就有她的限度，她或者是不甘不愿，或者不知道怎样揉进那些解释性的成分而又保持小说的完整性。结果，她的小说几乎看不出是特意为西方人写的，后来的《怨女》等也是如此。她在西方读书界的"曲高和寡"应在意料之中。1955年《秧歌》在美国出版，反应平平，几篇搔不到痒处也没什么影响的叫好书评过后，就再无声息了（《怨女》英文本在英国出版时，为数不多的评论则更是否定性的）。她在这之前也许对她的小说在西方的际遇还有所期待，到这时我想她恐怕已经不抱幻想了。这对她后来的写作肯定有影响，如果《秧歌》获得成功，她能像林语堂一样在欧美文坛上立足，她的英文写作必会继续下去。

《秧歌》中文本出版后，张爱玲寄了一本给胡适，当然是希望获他青睐，恐怕也有得他之力向外界推介的意思。有趣的是，张爱玲倒没想到寄上一本给她早年心仪的林语堂。事实上若论把她推向西方读者，显然是林语堂比胡适更有力量。其时胡适早已落魄，冷冷清清做他的寓公，林语堂则仍在走红，就在《秧歌》在美出版的同一年，他的小说《朱门》问世，与《秧歌》的遭冷遇恰成对照，此书又获成功，高居当年的畅销书排行榜。不知张爱玲是否感到林语堂不大可能是她的作品的知音，她到美国后在纽约落脚，曾去拜访胡适，林语堂也在纽约，而且与胡适时相过往的，她却未曾登林府的门。《忆胡适之》中写到她的朋友炎樱打听了消息告她说："你那位胡博士不大有人知道，没有林语堂出名。"她为此很是感慨，言下大不以为然，——相比之下，林语堂只是个二流人物吧？不管怎么说，她中学时代的敬意，她的"林语堂梦"是早已荡然无存了。

"白话邪宗"

这题目起于一个误会——1925年,章士钊的《甲寅》在北京复刊,章是反白话文的健将,尽人皆知,然他却在显著位置用了白话文倡导者蔡元培、吴稚晖的白话文章。鲁迅在给钱玄同的信中对此调侃道:"《甲寅》周刊已出,广告上大用'吴老头子'(指吴稚晖)及'世'(指蔡元培)之名以冀多卖,可怜也哉。闻'孤松'公(指章士钊)之文大可笑。然则文言大将,盖非白话邪宗之敌矣。"——"白话邪宗"即出于此。捍卫文言者自居为正宗,以白话文为旁门左道,鲁迅在此戏拟章等人的立场,"白话邪宗"乃指白话文阵营,其意甚明。但我看时大约是"期待视野"作祟,又忽略了"世"字,不知怎么以为这是指吴稚晖,这段话也就被理解成对章、吴泯"恩仇"、通款曲的揶揄了。当年鲁迅对胡适与对手章士钊的"相逢一笑"曾有过不少挖苦的话,而他也像他的老师章太炎一样,对吴稚晖素无好感,如果不细看原文,这样理解似乎也说得通。——当然这是看走眼了。不过将错就错地想来,"白话邪宗"这顶冠冕,吴稚晖却也戴得:我们若将白话文阵营内部再分出正规军和偏师,将白话文的写作分出"正"路子和"野"路子,则吴稚晖无疑当属后者,他的白话文嬉笑怒骂、诙谐百出，"不按牌理出牌"，而且他在文坛上一副单打独斗的架势，常扮演南京人所谓"邪头"的角色，以"邪"来戏指他的"野"，称之为"邪宗"，不亦宜乎？至于他的文章如何"野"法，且待下面分解。

吴稚晖这个名字在内地早已没人提起了，即在台湾，恐怕也早已被人遗忘，虽然他是同盟会会员、国民党元老，而"蒋公"对他礼遇有加。我们的史书上通常将他视为国民党政客：他虽早年鼓吹无政府主义，1924 年却到国民党里做了官，1927 年又极力赞同蒋介石的血腥镇压。在野史里他则是一个"怪人"形象：这里的"怪"一是来自他的口无遮拦，常发怪论；二是不同于一般党国要员的平民作风，出行拒绝坐轿，乘车是三等，坐船坐统舱，自带帆布床，只穿布衣布鞋，在街上可与乞丐答话，等等。——二者都是当时新闻的好材料。

也许是愿意"偏听偏信"，加上对于戏剧性事件容易记住的缘故，关于吴稚晖，印象最深的倒是他与章太炎打的那场笔仗：章认定，在《苏报》案中，他与邹容的被捕，实是由于吴的出卖，遂在报上严加斥责，且翻出旧账，称使得吴名驰学界的自杀事件（1902年，清政府驻日公使蔡钧勾结日本政府以妨害治安罪拘捕吴稚晖等留学生，遣送回国。途中吴投河寻死，后被救起，从其身上搜出的绝命书中有"孔曰成仁，孟曰取义；亡国之惨，将有如是！诸公努力，仆终不死"云云），实为沽名钓誉之举。直到 1936 年，吴稚晖仍在为自己辩诬并对章反唇相讥，他的嬉笑怒骂、瞎三话四的文体是有名的，章士钊等文言大将皆奈何他不得，这一回与复古的太炎先生接火，他却是个地道的输家。章对吴"欲以杀身成仁欺观听者"

的自杀举动的描述("不投大壑而投阳沟,面目上露")加上那番"善箝而口,勿令舐痈;善补而裤,勿令后穿"的呵斥,谁读了都忍不住要大发一噱。鲁迅在《因太炎先生而想起的二三事》曾顺笔重提这桩公案,说"其实是日本的御沟并不狭小,但当警官护送之际,即使并不'面目上露',也一定要被捞起的"。这是"平心"之论,然其中的反语意味却更使吴稚晖在"面目上露"的漫画形象中定格了。

吴稚晖当然不只是这样的漫画形象。政治上的是非宜留给历史家去下判断,闲闻逸事自有掌故家"踵事增华",单从思想史、文学史的角度看,吴稚晖的确值得一书。其实同时代的人也早已书了几笔了。高长虹在1926年的书评文章里提到他从几家书店里得到的信息:"性史是最好卖的书,吴稚晖鲁迅的著作是次好卖的书,情书一束也好卖,落叶、飞絮也好卖。"张竞生的《性史》因对于读者"犯禁"的好奇心的蛊惑,畅销应是意料中事,《情书一束》之类,属言情一科,内容原就具有畅销的因素,鲁迅是新文学作家的第一人,其作品畅销亦顺理成章。吴稚晖的书好卖,则多少有些出人意表,他所写多是时评论文之类,而且以高长虹的话说,是"头绪太乱的论著"。其中缘由,非止一端,重要的一条是他的言论即使与新一代的人物相比仍算得上大胆新鲜。高长虹称他在《新世纪》上发表的文字"现在看起来还很新"。他的书畅销则说明了他在20年代中期在中国知识界的影响力(据高长虹所言,"人们喜欢看他的文字,也还是近一两年的事")。可以佐证这一点的还有陈西滢的评价。他甚至将吴尊为他"二十年来最钦佩的一个人",《新文学运动以来的十部著作》一文中,则将吴稚晖的《一个新信仰的宇宙观与人生观》举为"思想方面"的代表性著述:"无论你赞成或反对,他的那'漆黑一团'

的宇宙观和'人欲横流'的人生观断不肯轻轻地放你过去。他那大胆的精神，前无古人、后无来者的气概，滑稽而又庄严的态度，都是他个人独有的。"

吴稚晖"个人独有的"，还有他的文体，他的书所以走俏，"思想"而外，文体的独特肯定也是一重要因素。周作人在《中国新文学大系》散文一集中将其作为一家，着眼的也正是这一点："他在《新世纪》上发表的妙文凡读过的人是谁也不会忘记的。他的这一种特别的说话法与作文法可惜至今竟无传人。"评价不可谓不高，惜乎此后的各种现代散文选本中，再见不到吴稚晖，文学史显然是将他忘记了。其实说到白话文、散文史，吴稚晖怎么也应被提及——这就正接上"白话邪宗"的话头了。

当然文学史的任其缺席也不为无因。如周作人所言，吴稚晖"实在是文学革命以前的人物"，这界划是年龄上的（他长鲁迅15岁，长胡适25岁），更是思想观念上的。他之以白话为文，并非响应新文学家倡导的文学革命，事实上他的写白话文还在新文学家之前，周作人称道的《新世纪》上的文字，都还是民国以前的事。这倒不是说他早就有意革旧文学的命——他对造成"文学的国语，国语的文学"并无兴趣，白话是否可以代替文言成为"正统"非他思虑所及（为了文白之争与章士钊打笔仗是很久以后的事）。要之他的动机并非文学的，而在于利用白话为革命造舆论——"文以载道"，白话是上好的工具。这是晚清一辈人的态度，那时改良派、革命派中都有人以白话为文，宣传自己的主张，传播新知，争取民众。因为"高深渊雅"的文言只有少数受过训练的读书人能懂，"行之不远"；白话则能及于普通老百姓，粗通文墨之人都能领会。所以那时的用白话正像"小说界革命"、字母运动一样,通俗是唯一的理由。民国二年(1913)教育部成立"读音统一会",被选为正会长的吴稚晖"于白话教育之义一字不提"(胡适语),"文学的国语"之类当然更非所计了。

与他的同时代人不同的是,吴稚晖对待白话没有那种贵族化的士大夫立场。晚清那批人的态度大多是二元的,即白话文乃专以发付齐氓细民,"资质不足以识千余汉字之人";文人士大夫则不妨依旧揣摩把玩"高深渊雅"的古文。即偶操白话之人,在利用白话通俗利世之功的同时,对白话还是心存鄙视,这里尊卑贵贱判然有别。所以一旦文学革命的倡导者要尽弃文言代之以白话,威胁到文言的"正统"地位,他们便转到捍卫文言的立场,对胡适等人的激进主张期期以为不可了。吴稚晖是文学无用论者,只要有利于"载道",是否"高深渊雅",他原不在乎。以此他是极少数"跟进"文学革命的人物之一,在他的同辈人当中,实在是异数。单是"跟进"还不稀奇,至少我们还可以举出蔡元培、梁启超等人,然要论大做其白话文,且能别开生面,自成一家,他可算是绝无仅有。有时候,他的主张比"五四"一辈人来得还要激进,比如与文言卫道士打笔仗时,他就曾劝人把线装书统统扔进茅厕坑去,其大胆无忌,比之钱玄同尽废汉字的极端立场,亦未遑多让。——此老好为偏锋文章,于此也可见一斑。

对自己何以弃文言而用白话且不遗余力,吴稚晖有如此这般的一番解释:

记得我三十岁以前,一落笔喜欢撑着些架子。应该四个字的地方，偏用三个字。应该做两句说的，偏并成一句。应该怎样，偏要那样，诸如此类的矫揉造作，吊诡弄玄。人家都说，你是常州人，应该接着恽子居的阳湖派，做他的后劲。这就隐隐叫我做一个野蛮的文学家。我的确也努力过。然而心上终觉得雕虫小技，壮士不为。为什么学剑既不成，一定要学书必成，过那俳优生活，还要将来做那灾梨祸枣的害虫呢？假如有什么说的话，自然爱说便说，何必有什么做文章的名词，存在心头呢？难道所谓"言之无文，行之不远"，那种狗屁的理由，还会成立么？我们爱说话，止是计较行远么？果然狗嘴里会掉出象牙来，也止适宜于一时罢了。哪里来几千年不变的金科玉律？用了手术（所谓舞文），侥幸行远，还不像那孔丘李耳之徒，适用一时，贻害到无穷么？当时这种盘算，可巧在小书摊上，翻看了一本极平常的书，却触悟着一个"作文"的秘诀。这本书就叫做"岂有此理"。我止读他开头两句，即不曾看下去。然从此便打破了要做阳湖派古文家的迷梦，说话自由自在得多。不曾屈我做那野蛮文学家，乃我生平之幸。他那开头两句，便是"放屁放屁，真正岂有此理"。用这种精神，才能得言论的真自由，享言论的真幸福。

胡适谈他当年之被"逼上梁山"，力主白话，前因后果，细细道来，态度不乏实验主义的意味，语气间多有天降大任之慨。吴稚晖则全是私人话题，单道一己之"参悟"，全无"宏观"的"庄论"。他甚至把他的改弦更张完全归于一次偶然的经历——小书摊上乱翻书，我们看了总觉是有几分戏剧化了，不过虽说是他有意滑稽的一贯作风，其中当然也有纪实的一面。

吴稚晖提到的那本小书即张南庄的《何典》，一部以方言俗谚写成的滑稽梯突的讽刺小说，章回体，共十回，清末光绪四年申报馆出版。20年代刘半农将其标点重出，《语丝》上登广告，起先只书"放屁放屁，真正岂有此理"字样，三期过后才见"正身"，为求广告效应，也是有意滑稽，书名随着已经因写白话文出名的吴稚晖一起亮相：广告起首就是"吴稚晖先生的老师（《何典》）出版预告"，以下又引了吴稚晖夫子自道的一番话。吴稚晖是否只认这一位"老师"，不去管他；是否如他所言，"止读他开头两句，即不曾看下去"，也不必较真，他的文风与《何典》有相通处是真的，若拿《何典》作他的行文出处，则他与新文学家同作白话文，应算"同归"，而文章路数各别，确是"殊途"。

新文学作家的白话文训练，与他们受到外来语的影响大有关系。文学革命之初，傅斯年在《怎样做白话文》中把"直用西洋词法"视为白话文的"一宗高等凭藉物"，主张"直用西洋文的款式，文法，词法，句法，章法……一切修辞学上的方法，造成一种超于现在的国语，欧化的国语"。其实不待他来主张，外来语言的影响（它的缜密、清晰、富于逻辑性等）实际上已见于新文学家的写作实践，胡适即认定当时文坛上作白话文有成绩的人，如周氏兄弟等，正是一些喝过洋墨水、吸收了西文优点的人。吴稚晖的白话文则是地道本土化的，他虽也在日本、欧洲待过不短的时间，但西方的影响似乎只及于他的思想（比如他的鼓吹无政府主义、信奉科学），未见于他的文章，他似乎也不谙外文。倘若把"欧化"理解成一中性的描述，则新文学作家的文体都可归入"欧化的国语"，只是程度不同，有"化"（臻于化境）与"不化"之别而已。所以"欧化的国语"可以视为白话文的主流或曰正宗，相对举的话，吴稚晖的丝毫不沾"洋"气，就应算作"邪"。

当然我所谓"邪"还有"野"的意思——文、野的"野"。一般说来，书面化程度高者是文，近口语者是野。胡适未尝找到"欧化"途径之前，曾经给写白话文者一简单法门："怎么想就怎么说，怎么说就怎么写。"这是黄遵宪"我手写我口"的翻版，看似简单，但恐怕胡适本人很快也明白了这实在是"知易行难"。新文学家的白话文与文言相较，诚然距说话是近得多了，事实上却还是一种书面语，与真正"引车卖浆者流所操之语"不是一回事。要说真正合于胡适的标准，以口语为文，新文学家中真还找不出几人比得过吴稚晖。拟他的腔调，他的文章是"有话就说，有屁就放"式，不讲起承转合，想到便说，说完拉倒。他亦不讲逻辑，即兴的成分多，忽东忽西，跳来跳去，不避重复芜杂，这些也正是口语的特征。高长虹说他的文章"头绪太乱"，读者觉得他的意思不好把捉，有一半即由此而起。

不但是"有话就说"，吴稚晖的话还来得特别"村俗"。当年胡适提出文学改良的"八事"，真正有建设性的一条是"不避俗字俗语"，这一条，新文学家中怕是没有一人像吴稚晖做得那么彻底。《何典》的滑稽讽刺，得益于它的杂入方言土语、说骂人话处，正复不少。后者甚至新文学家也觉出格，刘半农出《何典》标点本，就把一些粗俗的字句删去，代以空格。然对吴稚晖，这却正合脾胃。诸如"狗屁倒灶""狗屁不通""拆烂污""嚼尿橛""咬住了人家的下体，鸡腿都唤不动""瞎七搭八"之类，时时往来笔下。毛泽东曾有"不须放屁"的名句，尽人皆知；郁达夫说他作诗，常道"又放了几个臭屁"云云；但要说用得花样繁多，"屁"字成诀，摇笔即来，那还当推吴稚晖。如此不避村俗，不干不净——不仅是不避，还正要仗其生色，嬉笑怒骂，插科打诨——他的文章也就愈见其"野"，愈见其"邪"。记得 80 年代曾有论者批评一些作家的满纸粗言秽语，指为"粗鄙化"的倾向，那是写小说，作者或是要见地方色彩，或是要还生活以原生态。吴稚晖作的是议论文，粗话入于说理论辩之中，他之外还真没见过。

当然吴稚晖"野"之外也有"文"：有时候也掉掉书袋，有时候也杂入文言的腔调。也正是这一点"授人以柄"，章士钊同他打笔仗时便以子之矛攻子之盾，说他的文章"其貌与黄口小儿所作若同，而其神则非读破万卷书者，不能道得只字"。又道："凡读吴稚晖之文，轻轻放过，不审其所号投于茅厕之书，曾一一刻画在脑筋里，可隐可见，虽百洗而不可磨者，直无目者也。"撇开意图不论，章氏的话不能说全无道理。吴稚晖"白"起来比新文学作家的白话还要"白"，"文"起来又比他们更文乎，极雅驯者与极粗俗者在他文中做了一处，这是他的文体特别的所在，他文章亦庄亦谐，滑稽梯突，部分也正是由这种夸张的对比效果而来。不过"文"并不减弱，反倒加强了他的"野"，他的文字还是地道的"我手写我口"式的"话"，吴稚晖式的大白话。周作人称他有一种"特别的说话法与作文法"，实则他的作文法就是由他的说话法而来。

也许是太特别、太个人化了，没人学得来他那一套，他这位"邪宗"始终是孤家寡人。而他似乎也乐于独往独来，不愿"入伙"。陈西滢、罗家伦一帮佩服他的人，在《现代评论》上议论他可做文学家，此老"乱谈几句"道："他们今天闹文学，明天闹文学，闹成了癖。好比吊死鬼、落水鬼一般，恨不得人家都变了吊死鬼、落水鬼，方才舒服。因此不管三七二十一，凡有几分可以受骗的弱点，便引他进圈套，引他入泥潭。……我是只管享我的言论福，不提防嬉笑怒骂，纯任自然，未免像煞有介事，避免了做野蛮文学家，却好像有意冒充文明文学家。因为之乎者也闹得热闹，野蛮文学家便高眼垂青了。等到的么呀啦得有劲，文明文学家又会特加赞赏。《阅微草堂》里的鬼，固爱迷人；土窟大王手下的幽灵，也能拉客。人家偶爱打诨，他们就有什么'射他耳''幽默'一类好听的名词，勾引他入港。……纵然今日的文明文学家，把我那种放屁放屁，真正岂有此理的嚼蛆，也能节取了，许我做文学家，自然比那野蛮文学家，非之乎者也的十足，决不许可，高明了许多。但文学家卖几文一斤呢？'射他耳'及'幽默'，比到'朴茂''渊雅'，差别何在？"这固然是以他"文以载道"的一贯立场，对无用的文学、新旧八股都来上一阵乱棒，但那没一句正经的腔调，你道是"邪"也不"邪"？

姚颖与《京话》

近读《读书》上谢兴尧先生一篇文章，文中提到一个既陌生又熟悉的名字，便是姚颖。说陌生，是因为近数十年来，至少在内地，这个名字从未被提起（这几年随笔小品热，许多名不见经传的小品文家被发掘出来，这位 30 年代以《京话》风靡一时的女作家则至今尚未被出版社、书商盯上）；说熟悉，则是因为多年前在南京大学中文系资料室里翻阅民国年间的旧杂志，于林语堂主持的《论语》《人世间》《宇宙风》上常同这名字谋面。出在这名下的文章多取材于社会时政、官场种种，下笔则嬉笑怒骂，皮里阳秋，令人喷饭。当时的印象，至今依稀还有些记得。这些文章后来结集为《京话》出版，《宇宙风》上登的广告称之为"中国第一本以社会政治为背景，以幽默语气为笔调的小品文集"。

"京话"的"京"指的是南京，当时的首善之区，国府所在，官僚云集——北京则其时已称作北平了。名为"京话"，实因文章常取通讯的形式，京话也就是南京来信了。唯姚颖的文字与寻常的通讯不同，所重不在报道，在议论。这正是林语堂提倡的那类通讯，而既是南京通讯，与一般的地方报道又自不同，必然要涉及官场时政。

官场时政是不好议的,古人云"天下有道,则庶民不议",天下无道是要议的了,可未必就让你议,30年代国民党对舆论的控制虽还不到天衣无缝的程度,但要议时政,总是难。或许就是为此,林语堂为《京话》写的序里不无夸张地道:"京话之难写,难于上青天。"难即在于如何既议了,又在书报检查官的尺度之内,所谓"擦边球"是也。姚颖有几篇文章即因有违碍字样,被官方"修理"过。不过林语堂杂志的格调不过是"幽他一默","如珠走盘不出盘",并不像左翼的意在造反;姚颖的文章虽然尖酸刻薄,但也只是"一笑了之",无伤"大雅",用姚颖自己的话说,"我写时虽然未经再三考虑,但大体有个范围,即是以政治社会为背景,以幽默语气为笔调,以'皆大欢喜'为原则,即不得已而讽刺,亦以'伤皮不伤肉'为最大限度"。所以检查官通常是高抬贵手的。

有时甚至政府当局、国府大员也被她捉弄笔下。记得有一篇写到汪精卫的报告,汪言及承认东北四省的沦陷及与日本签订的"《河北协定》"时打了个比方,大意是好比有人不讲理打上门来,乃至把主人摔到门外街上了,但主人并不等于失败,因为房契还在他手里云云。姚颖特将这一大段话表而出之,称这比方妙极了。接着便引一则笑话,谓一人家宝匣被盗,主人焦急万分,他儿子安慰道,没事,钥匙尚在家中。——真把自欺欺人的汪精卫挖苦得惨了。在一个没有言论自由的国度里,政治幽默是尤为难得,特别受欢迎的——虽于时势无补,总还能让人聊出一口闷气,这就难怪《京话》刊布后,一时间"万人争诵"了。

当然也因为作者写得妙。妙就妙在她善于发现种种世象及政府行为要人言论举措的荒唐乖谬处，而以轻松俏皮的语句将其堪堪道破，令读者莞尔一笑，被挖苦嘲弄者看了则是哭笑不得。

姚颖起初并非林语堂圈子里的人，乃是自发的投稿者。据她在《我与〈论语〉》中的自述，是她的朋友向她推荐了这份杂志，一读之下竟有相见恨晚之感。至于何以从《论语》的读者成为它的撰稿人，她道一是因为"有闲"，二是有些林语堂所谓"老实的私见"要说，写来也觉有趣，总之正是林语堂欣赏的趣味主义："我为什么感兴趣？或由于记载的题材，含有幽默的意味，或因发挥的议论，有新奇的见解，或方苦正面说话之不易，或发现侧面的理由，或正觉修辞之未当，忽而发觉玄妙之字句。凡此种种，无一而不使我觉得有趣！所以我为什么写这些文章？因为觉得有趣；为什么觉得有趣，因为写这些文章。"（《京话》序）于是便投稿，第一篇稿子叫做《居然中委出恩科》，被林语堂一眼看中，请她继续写，继而是频频催稿，而她也就一发不可收了：几乎每期《论语》上都有她的文章，有时一期上就有两篇，《京话》几成一固定的栏目，而且应算是重头戏。到《论语》创刊两周年时，姚颖已成为它的台柱之一。据谢文，当时有人将《论语》的要角拟为"新八仙"，周作人、俞平伯、郁达夫、老舍、丰子恺、林语堂、简又文等一一对号就位，何仙姑便是属之姚颖。《论语》的长期撰稿人几乎是一"男人世界"，独许姚颖立足其间，可称林派杂志中女作家之第一人，也见出圈内人对她的赏识了。

林语堂对她是特别垂青的。不独编者按里对她时加推许，《京话》出版时又特撰《关于〈京话〉》一文，文中赞《京话》："涉笔成趣，散淡自然，犹如岭上烟霞，谓其有心，则云本无意，谓其无意，又何其燕婉多姿耶！"又盛称《京话》的"可遇而不可求"，并且在对时下课卷式的文章奚落了一阵之后,让读者向姚颖这里求为文之道:"欲知行云流水,烟霞湖山自然之趣者,由此书(《京话》)寻觅个道理出来可也。"林氏对姚颖赞誉有加,自然因为她的文章正合于他"幽默"的绳墨,而幽默的后面又正是他所鼓吹的"性灵"。有读者责姚颖文章有清谈误国之嫌,她道是"谈革命既不内行,说我之写文章系为'救时',亦非本意",家中客厅里挂起的联语倒是代她作答:"得过且过,自然而然。"——绝似林语堂的口吻。借以表明态度的袁中郎诗句"新诗日日千余言,诗中无一忧民字。旁人道我真聩聩,口不能言指山翠"则毋宁更合林语堂的脾胃。难怪林氏要视她为《论语》的台柱。林氏曾经推许过的女作家,还有一个谢冰莹,后来从《宇宙风》出道的,也还有一个冯和仪(即后来的苏青),不过文章最能契合他标准的女作家,当然还是姚颖了。

但我起初不知底细,亦未留意林的褒扬,单是看姚颖的文章,一直不敢肯定作者是位女性——名字固然是女性化的,文章却像是出自男作家之手(二三十年代常有男性作家用女性化的笔名)。其一是文字风格。鲁迅给许广平信中曾言女性"说话的句子排列法"与男士不同,"写在纸上,一见可辨"。大略说来,女作家多是清词丽句,再加时有"越轨的笔致",总之是婉约灵慧一路,姚颖的文字却不见妩媚之气,而入于"老到"一途:语气"老",文字也"老",时杂文言,有时通篇就是浅近文言,时喜掉掉书袋,写来又极老练。"老到"是很多男作家喜欢的为文境界,似乎没有什么女作家刻意"老到"的。大约男性不惧"少年老成",女作家最惜年华易逝吧,她们的文字影像多半是趋于年轻的。姚颖写《京话》时至多不过三十出头,语气"老"得与年纪殊不相称。她的"老到"也包含几分玩世不恭的味道,或曰名士气。"名士气"这个词通常是与男性文人联在一起,未闻加之于女作家,用在姚颖身上倒也不差(当时就有不少读者想象《京话》作者是个"风流不羁,滑稽梯突"的人)。这或者关乎姚颖的人,但更多的恐怕还是受了《论语》的风格也即林式"幽默"的影响。

我对姚颖性别的疑惑还在于《京话》的议论和它的取材。若将写作的才华粗粗分为议论、抒情、叙事,女作家的所长大抵首先是抒情,其次是叙事,最后才是议论。所以"一到辩论之文,尤易看出特别"(鲁迅语)。姚颖的特点却如林语堂所说,在她的夹叙夹议,而她的叙乃是为了议,并且往往叙就是隐含的议,可见议论对姚颖的重要了,而她的议论多有反语,皮里阳秋,指桑骂槐,时见精彩,绝无一般女作者议论软弱无力、不能击中要害的毛病。现代女作家中长于议论者也不是没有,比如张爱玲和苏青,前者的机智俏皮和后者的痛快淋漓皆大可一书。不过参以二人议论的家庭婚姻、饮食男女等私人话题,其女性特征仍然一目了然。姚颖所议则是公共话题,是社会政治,即使写"南京的夏天"之类的题目,其旨归也还是时政。都说男人是政治动物,时政向来也被目为男性的话语空间,民国年间社会时政批评刊物颇多而出名的作者都是男性,似乎也证明了这一点。姚颖作为一个女作家,话题几被政治笼罩,全不及于个人生活——京城的吹牛拍马之风,国货运动周的宣传,党国要人的谠论,监察委员之提案,市政建设,大员升迁……——不能不说是一个例外。这一点与她文字的老到、讽刺的尖刻加在一起,使她的性别特征模糊了。

当然在读谢先生的文章之前,我也早已知道这是一位女作家了,谢文使我感兴趣的是他引一庵《读论语忆姚颖》一文,让我们对姚颖的底细知道了一二:"女士系江苏奔牛人,毕业于中央大学后,与南京市政府秘书长兼社会局长王漱芳结婚,其所作《京话》取材,大都由于婚后交际所得随感之反映,取材自属便利也。"——原来《京话》的作者是一位官太太。

这身份固然解释了《京话》材料的来源,同时恐怕也解释了这位女作家何以迅即从文坛上消失——《京话》以后,姚颖似乎再无所作了。她不是职业女性,无须像苏青和张爱玲那样卖文为生,最初也无当作家的宏愿,同时也未必对社会政治真有持久浓厚的兴趣。如她所言,她之从事写作是"有闲"(官太太自然是有闲的)加上趣味主义加上时政材料撞上身来,当然再加上林语堂办《论语》这个契机。写作于她并非迫切的需求,乃是兴之所至的即兴节目,待到林派杂志消失,她说搁笔也就搁笔了。所以姚颖的写作实有偶然性。也许没有《论语》,没有林语堂,也就没有《京话》,没有作为小品文家的姚颖了吧?

徐讦与他的现代鬼故事

《人约黄昏后》这部片子还在开拍之先传媒就已经有报道了,其后演员的遴选,种种花絮,以至封镜,传媒也还是步步跟踪。前一段时间该片终于同观众见面,不知票房如何,不过至少在小圈子里口碑是不错的。但我一直按兵不动,没有一睹为快的意思。原因很简单:这片子是根据徐讦的小说《鬼恋》改编的,而我对徐讦的小说素无好感。

徐讦在现代文学史上应算是一位怪才,或者说是一个异数。他是北京大学哲学系毕业,其后又在该校心理学系修读两年,专业当在哲学与心理学,但他对文学亦甚爱好,读书期间即有短篇小说与诗歌在北平、上海的报刊上发表。大约是北来之前在厦门大学读书时曾受教于林语堂的缘故,林于1933年创办《论语》《人世间》等杂志,即邀徐讦南下做自己的助手。其时林语堂虽挂名主编,实际负责编辑事务的却是陶亢德与徐讦两人,可称林氏的哼哈二将。30年代林语堂与鲁迅的决裂是熟悉新文学的人都知道的,而据周劭先生所言,林氏麾下的青年人中,对鲁迅深怀敬意的不乏其人,徐即是其一。也许这敬意是存之于心的吧,笔下却是看不出鲁迅的什么影响,如果我们以具有特定含义的"杂文""小品"来指谓鲁迅与林语堂所代表的路向,徐訏的文章自然是近于"小品文"的作风的。鲁迅对这位打过交道的年轻人也无好的评价,曾在给曹聚仁的信中把他同陶亢德比作"林门的颜曾","不及夫子远甚远甚"。

当然是"不及"。不过徐訏和林语堂写作的轨迹倒是有几分相似:都是由小品而小说。他读书期间虽写的多是小说、诗歌,但没什么影响,在文坛上最初的小有名气,渐为人知,应是在进入《论语》当编辑之后。一方面《论语》《人世间》这样走红的杂志在文坛引人注目,其编辑也是活跃人物;另一方面这两个杂志及后来的《宇宙风》都是以小品随笔为主,"在官言官",他的写作自然也多为小品之类。所以以当时的情形而论,徐訏是以小品文家的面目出现的,应该说直到1937年他的《鬼恋》在《宇宙风》发表之后,他才在文坛上获得了小说家的身份。

林语堂赴美后用英文写小说大为走红,小品文即或有之也是小说之余了,但即在他的小说大部已被译为中文的今日,其"幽默大师"的名声亦终不为小说家所掩,而幽默大师之号是小品文为他赢得的。这不单是因为翻译的关系,实在说,林语堂是天生的小品家,写小说并不出色当行。徐訏正好相反,他虽在《鬼恋》一炮而红之后还写过大量的小品文(单是1940年就出了4部散文集),且不无可观,今天的有些读者甚至宁读他的小品,不看他的小说,然而若是不单以趣味为依凭,从文学史的角度去掂量,则徐訏无疑应首先被视为小说家。因为他的散文无足轻重,他的小说则撇开高低雅俗不论,总还算自成面目。以读者的接受而论,他之得到广泛的认可,也是仗他的小说:他之在上海蹿红是因为《鬼恋》自不必说,抗战期间他在大后方引起轰动,重庆有人甚至称1943年为徐訏年,也还是因为小说,特别是那部将言情、间谍、哲理烩成一锅的长篇《风萧萧》。

《论语》《人世间》等林派杂志的撰稿人中写小说的不多,除非原先就是小说名家,像老舍、郁达夫。与徐訏搭档的陶亢德原也写小说,所作《徒然小说集》有邹韬奋为序,应说比那时也写过一些小说的徐訏更有名堂,但跟随林语堂编杂志后即只有散文小品了。散文小品写出了一点名堂转而写小说且获得成功的极少,能想起来的,似乎只有一个冯和仪(即后来在沦陷时期大红大紫的苏青),她的《结婚十年》畅销的程度恐怕只会在徐訏小说之上。但她的小说等于自传,与谢冰莹的《女兵自传》应属同一文类,所依仗者实际上是散文的才禀和训练。散文小品自有它的气息、笔法,惯于此道的人写起小说来常常就把散文写手的面目露出来了。林语堂是一例,苏青则小说与她自传性的散文简直如出一辙。

事实上写小说而出之以散文笔法的不限于苏青。不同文类间的相互影响、渗透是文学史上常有的现象,有以散文笔法写小说的,也有散文杂以小说笔法的,但在新文学中似乎是前一种情形居多。有时候也是"时势"使然。像1933年和1934年,文坛上称为"杂志年""小品文年",散文成为最有势力的文类,影响到其他文类也就不足为怪。当时就有人将小说的随笔化视为一个值得注意的现象,对散文随笔"侵入小说的园地"(穆木天语)期期以为不可。徐是林语堂麾下的干将,又是以写小品出道,按说"小说随笔化"是不能免的,事实上他笔下却是小品自小品、小说自小说,泾渭分明。小说、散文兼擅的作家为数不少,像老舍、张爱玲都是,二者绝不混淆,但不论写什么,一看就知道出自同一人之手。徐的小说、散文却像是两个人写的，全不相干，小说中看不到他小品文中的幽默，散文中亦不见他小说中的浪漫情调。

说到张爱玲，40年代有不少读者是将徐訏与她等量齐观的——或许是因为二人的书同样畅销的缘故。能畅销，乃是由于二人的小说传奇性强。不过张爱玲《传奇》题记中声言"在普通人中寻找传奇，在传奇中寻找普通人"，其小说形貌上是传奇，精神上乃是反传奇的。徐的小说则是地道的"传奇"：从形之于外的人物、情节、背景，到情调、氛围，在在见出一个"奇"字。他的走传奇路线如何与现代文学中居统治地位的写实主义大相悖反可以暂且不论，且举一例说明他与张爱玲在读者中不仅名声相埒，有时甚或被混为一谈。50年代初，张爱玲的长篇小说《十八春》在《亦报》上连载，用的是笔名"梁京"。报纸主持人大造声势，在小说登出前三天即做广告，特别提示此系"名家之作"。《十八春》果然引起轰动，然这位神龙见首不见尾的"名家"到底是何人？猜谜的也就来了。有一位署名"传奇"的读者即来信，根据"十八春"这个名字与小说的行文，断言作者不是徐訏，便是张爱玲。此种猜测的前提当然是他以为张、徐二人是有许多相似的，而报纸主持人显然认为他的意见颇具代表性，可见当时不少读者是将二人视为一类了。

在我看来，徐訏与张爱玲当然是两种路数的作家，其成就高下也不可同日而语，因为张的小说对人的处境有相当复杂的把握和探讨，徐訏的小说说到底不过是诡异的言情故事罢了。但辨析二人之异同乃是题外话，回到开头，言归正传，我应说的是，假如是张爱玲小说改编的电影，我早就去看了——其实作为研究现代文学的人，对新文学名家名作的改编总是有兴趣的，虽然不无担心——担心原作被改得面目全非;《人约黄昏后》我亦担心,却是担心《鬼恋》底子太差,任你如何改,用上多少电影手法,也难掩其贫弱。

不过这部片子我后来还是看了,那原因说来可笑——乃是因为看了校园里的海报,上面有"灵与肉的冲突"云云,很让人生疑。据我的记忆,《鬼恋》似乎并不牵涉到灵、肉之类,难道是编导依照弗洛伊德式的兴趣对原著做了新的阐释?看后发现并非如此,似乎只有"鬼"暗中看着"人"更衣的几个镜头有点肉欲的意味,但与全片的题旨无关,只能说是"花絮"的性质。想来是杜撰海报的人深谙观众对灵肉(主要是"肉")的隐秘兴趣,有意误导吧?

其实编导倒是相当忠实于原著的,他们的改编大略限于两点:一是加重扑朔迷离的悬疑气氛,二是使它更加故事化。最大的改动乃在于小说中"鬼"自述革命经历的一段被做了最大限度的利用。这一段原本很简短,徐訏只是想用以交代女主人公自甘过鬼的生活的心理背景:她杀过不少人,坐过牢,男友被捕死在牢狱,团体分化,有的变节,有的升官,她终于对革命感到幻灭。影片中这些背景性的交代由虚而实,升格为结构性的要素,女主人公与革命团体(无政府主义团体)间的关系成为正在延续的行为,"人"对"鬼"的寻访与"鬼"的寻仇构成一明一暗,时而平行、时而相交的两条线索,女主人公于小说里那个厌世的消极的鬼之外又扮演了冷酷无情的复仇女神的角色,男主人公则在对"鬼"的追踪中意外地成为党人内部仇杀的证人。甚至小说中的那间没有实在意义的纸烟店也具有了双重性,它不单是男女主人公最初遇合的场所,事实上还是党人的一个秘密据点,老板、伙计也编织到故事中来了,成为杀死"鬼"

的爱人,后终被"鬼"追杀的对象。

有个朋友对这样的改编极赞赏,为的是电影中似乎还没有表现过民国年间无政府主义者的活动。然而据我看来,片中的那点"历史背景"无关紧要,不过是为仇杀故事提供某种氛围罢了,与张艺谋《摇啊摇,摇到外婆桥》中放在背景上的影影绰绰的黑帮火并故事,正可等量齐观。虽然被称为艺术片,《人约黄昏后》注重营造故事,把悬念、抒情、暴力糅合在一起的这一面,倒有几分好莱坞片的味道。徐訏还在世,对陈逸飞的改编想必会首肯的,但并非为了编导的"写实"(他本人对此毫不在意,以写实的标准,《鬼恋》的故事根本经不起推敲,女主人公由人变成"鬼"的心理过程也毫无说服力),乃是因为完善了他的故事。

当年徐訏的《鬼恋》令读者耳目一新,一发表即俘虏了众多的读者,也正是因为他们在《鬼恋》中找到了在新文学中久违了的故事性、传奇性。新文学推崇现实主义,要按照现实的本来面目反映生活,而现实生活原本平淡无奇,并非充满戏剧性,将现实生活故事化、传奇化即有扭曲现实的嫌疑。另一方面,新文学从一开始即以严肃的面目出现,反对以文学为娱乐消遣,故事因其本身所具有的消遣因素也受到排斥,以至于故事化、传奇性基本上成为新文学的对立面——鸳鸯蝴蝶派文学的附属品。所以从某种意义上讲,可以说新文学自觉地放逐了小说的故事性。在徐訏以前,除了老舍、沈从文,似乎没有哪位新文学的名家是以叙述故事见长的,也没有谁在这上面下功夫。他们的小说能够征服读者,实因在社会批判、情感抒发、心理刻画等方面别有胜境。即如张资平、章衣萍这样迎合读者,被视为新鸳鸯蝴蝶派的三流作家,其小说的畅销靠的也是三角、四角之类的"尖端"题材，而非故事的生动。在这样的背景下，徐訏的出现的确令人耳目一新，他可以说是新文学作家中第一个专注于故事本身的人，而且他的故事洋味十足，追求时髦新奇的都市读者当然更是趋之若鹜了。

董桥说徐訏把"中国社会中国人物想象成受西方思想影响的中国社会中国人物，他笔下的故事总是浮现出一种奇异的气氛，把中国读者带进一个'特殊的世界'里去"。又谓他具有一种"特殊的、西化的创作想象力"，这自是不易之论，像《鬼恋》的主人公，言谈举止到行为方式都与实际的中国人有距离，也正是这距离带给读者奇异感。

另一方面，徐訏编织故事的章法也来自西方。前面说《人约黄昏后》有好莱坞味道，其实《鬼恋》原本就是好莱坞式的。好莱坞片最重悬念的设置，找到一个好的悬念常是其成功的关键，对徐訏也是如此，徐訏以前，恐怕没有哪个新文学作家如此恋恋不舍地在小说里刻意利用悬念，如此醉心于制造一种扑朔迷离的悬疑气氛。不独如此，《鬼恋》的对话也是好莱坞式的，它不是写实的——并不见出人物的性格，所谓"闻其声如见其人"；不是抒情的，像郁达夫一流作家笔下人物的直抒胸臆；也不是一些青年作家硬塞到人物嘴里的"文艺腔"。它是戏剧性的对白，刻意求警策，求机智，求说得聪明，不即不离，若即若离，有似语言游戏，带几分表演的性质。这一点，看《鬼恋》开头人、鬼相遇的一段对话即可了然。

《鬼恋》的悬念系于女主人公究竟是人是鬼这一点上。《鬼恋》算不得什么杰作而又可引出些话题供我们谈论，除了它的故事性之外，就还因为里面有"鬼"，是一则现代鬼故事。说"现代"，因为故事的背景是现代的,而且发生在都市。记忆所及,新文学作家中似乎没有谁写过鬼故事的,至于放到现代生活的背景上来写,那就更是没有。鬼故事,中国古典文学里不少,西方文学艺术中也常见,今天我们在欧美影片中还常见到吸血僵尸出没,我们的文学传统中则最著名的鬼故事当数《聊斋志异》了。虽说《聊斋志异》中写到鬼的只占全书的一小部分,但读者记住的正是这些,以至于我们印象中的《聊斋志异》整个是在幢幢鬼影笼罩之中。这固然因为蒲松龄手腕高妙,也说明鬼故事有一种特殊的吸引力:鬼故事可以驰情入幻,发抒怀抱,摆脱现实的羁绊,可以制造出诡异的气氛,幽深的境界。有意思的是,《聊斋志异》中最为人传诵的鬼故事,写的都是"某生"与女狐的相恋,若用徐的篇名,则以"鬼恋"总其题正是现成。爱情是读者欢迎的永恒主题,鬼加上恋,是幽冷之外又加了艳异,最能撩人遐思。不知徐訏写《鬼恋》时,是否想到了连琐们的故事。

不过,不论蒲松龄是否提供过灵感,《鬼恋》与《聊斋志异》还是趣味各别。《鬼恋》的洋味,它的心理学背景自然是《聊斋志异》所无的;褰帷而入的连琐们伶俐活泼,单纯可人,是投注了读书人梦想的七仙女、田螺精,即便结局糟糕,那些故事也还有某种古典的喜剧格调。《鬼恋》的女主人公则是暧昧的,有病态自怜的味道,好似也折射出几分现代人的纷乱紧张。还有一点也不可不辨,即《聊斋》写的都是真鬼,《鬼恋》写的则是假鬼。对于蒲松龄那个时代的读者,《聊斋》鬼故事的可信性是建立在人对鬼神将信将疑的态度之上的,"五四"以后的中国都市的读者受到科学的洗礼,想象中已无鬼神存在的地盘,弄出个真鬼来故事就不能令人信服了。尽管《鬼恋》

实质上是个假定性的故事，但徐訏也要求它在现代人的科学常识上通得过。

事实上说《鬼恋》是现代鬼故事，倒并不在真鬼假鬼这一端，现在的人比二三十年代的读者更受科学的浸染，更不相信鬼神的存在，然而我们并不排斥一些超验的东西进入到文学艺术中去，不论是魔幻主义，还是好莱坞片里的吸血鬼，谁都知其"假"，也就接受这假定性，因为这假恰恰提供了表情达意或是游戏的自由空间。"五四"那辈人则正是破除迷信，真与假不容混淆，而文学的真实也必须是命题意义上的。旧派作家像还珠楼主，其小说中诚然还是神仙鬼怪、法宝灵器如"天风海雨，迫人而来"，但也就被归为宣扬迷信之类，新文学作家要维护科学的新信仰，就断乎不会给"怪力乱神"留下空间了，即如《鬼恋》这样的鬼故事，作者也肯定要明确地把"鬼"还原为人的——从中倒也可看出一点时代的痕迹。

尽管写的是冒牌的鬼故事，徐訏对鬼确是情有独钟，不管真鬼假鬼，他制造某种诡异氛围的目的总是不会落空的，他原本好像也就没有什么更大的意图。他后来还写过《鬼戏》，似乎又是鬼故事，可惜没看过，不知里面是真鬼假鬼，不过据我猜度，总还是假鬼吧？

"诗人"邵洵美

这题目是从鲁迅那儿来的——鲁迅提到邵洵美，每在前面冠以"诗人"字样，而这顶冠冕又必是带着引号出现。鲁迅赐他的另一封号是"富家赘婿"，这却可以不加引号。鲁迅对其人的不屑自不待言："诗人"是冒牌，"富家儿"倒是不折不扣。

"富家赘婿"或"富家儿"等语虽是有意挖苦，却也是"纪实"：邵洵美做了清末大官僚盛宣怀的孙女婿，盛宣怀集官与商于一身，积下万贯家财，孙女自有丰厚的嫁妆，邵洵美得了夫人陪嫁的"臂助"，开金屋书店，办《金屋月刊》，且广交文友，成了30年代上海文坛上颇为活跃的人物。"林子大了，什么样的鸟都有"，文坛上也是生旦净末丑俱全，邵洵美写新诗，在鲁迅看来，玩的是"哥儿"票戏的把戏，他对此类角色最是不耐，随手遗以一矢，《登龙术拾遗》便揭他那由"快婿乘龙"而"文坛登龙"的富家儿嘴脸。偏偏邵公子还要指点文坛，奚落左翼文人的没饭吃或吃不饱，称他们以此才要做文人。这真所谓"讨打"，鲁迅也就再给他一棒，《准风月谈》后记里道："穷极，文是不能工的，可是金银又非文章的根苗，它最好还是买长江沿岸的田地。然而富家儿总不免常常误解，以为钱可以使鬼，就也可以通文。使鬼，大概是确的，也许还可以通神，但通文却不成，'诗人'邵洵美先生本身的诗便是证据。"挖苦到家，读来真是过瘾。那一面也有"护驾"的，有《女婿问题》《"女婿"的蔓延》等文为其女婿身份辩护，却哪堪鲁迅的一击？直是帮倒忙，越描越黑，"女婿问题"热闹了好一阵，徒增笑柄而已。而一经迅翁品题，也真是"身价"十倍，邵洵美的诗早就没人提了，读鲁迅的杂文，却总还记得那位出丑卖乖的"女婿"。

虽然如此，邵洵美自认是个"天生的诗人"，有诗曰："你以为我是什么人？／是个浪子，是个财迷，是个书生，／是个想做官的，或是不怕死的英雄？／你错了，全错了，／我是个天生的诗人。"他的确写过一些诗的，出过《花一般的罪恶》《诗二十五首》等诗集，也并不缺少认可他诗人身份的人，那些围着他转的人不必说，据他自言，他从与他有深交的徐志摩那里就"只得到过分的奖誉"，而《花一般的罪恶》出版后徐志摩又对人说："中国有个新诗人，是一百分的凡尔仑。"

"一百分的凡尔仑"是崇尚唯美主义诗人戈谛埃的名言，"形式的完美是最大的德行"。诗在他有"明显的诗"与"曲折的诗"之分，"明显的诗"止于说明，止于比喻，"曲折的诗"则有"象征的作用"，他自然是属意后者的。他如何去达至"最大的德行"、如何获得"象征"的曲折，要看他的诗，比如这首《蛇》：

在宫殿的阶下，在庙宇的瓦上，
你垂下你最柔嫩的一段——
好像是女人半松的裤带

在等待男性的颤抖的勇敢。

我不懂你血红的叉分的舌尖
要刺痛我哪一边的嘴唇？
他们都预备着了，准备着
这同一个时辰里双倍的欢欣！

我忘不了你那捉不住的油滑
磨光了多少重叠的竹节：
我知道了舒服里有伤痛，
我更知道了冰冷里还有火炽。

啊，但愿你再把你剩下的一段
来箍紧我箍不紧的身体，
当钟声偷进云房的纱帐，
温暖爬满了冷宫衡薄的绣被！

——是否有几分像《围城》里钱锺书为曹诗人元朗杜撰的杂拌诗？《牡丹》一首恐怕还要更添几分对性的"火炽"：

牡丹也是会死的
但是她那童贞般的红
淫妇般的摇动，
尽够你我白日里去发疯，

> 黑夜里去做梦
>
> …………
>
> 但是我总忘不了那潮润的肉,
>
> 那透红的皮,
>
> 那紧挤出来的醉意。

看看邵诗里招之即来的"肉"的联想,便觉当年鲁迅要以"野菊的生殖器下面,／蟋蟀在吊膀子"之类有意滑稽的"诗句""质之'新诗人'邵洵美先生",也算不得怎样的恶谑了。

当然邵洵美不比曹元朗,即使外形上也有天壤之别。曹某直似猪头三,邵某则有美男子之誉。美男子而提倡唯美主义文艺,可谓得人。大凡倡唯美者,不仅要写唯美的诗,也要以唯美的眼光看一切。曹元朗写诗而不忘做官,兼营投机倒把;邵洵美作为"天生的诗人",则没有功利之心:"我爱金子为了她烁烂的色彩;／我爱珠子为了她晶亮的光芒;／我爱女人为了她们都是诗;啊,天下的一切我都爱,／只要是不同寻常。"德国颇有颓废气息的浪漫派作家小施雷格尔追慕不同寻常的"诗"的生活,据他的解释,此种生活的要义端在"无目的",因为一有目的即不免于功利,而无目的的生活等于一种有闲的、游戏式的生活。邵洵美于此必是心有戚戚焉。最近恰在曾虚白的自传里看到与邵有关的两桩轶事,确切地说是邵导演了两幕恶作剧,不知是否算他"唯美"生活的一部分。

邵洵美虽入赘旧世家,却不失洋派的开放作风,他与一位中文名字叫韩美丽的美国女记者公开同居,二人言明是美国式的搭档游戏,彼此不限制对方另寻性伙伴。某日韩美丽告他一位教授向她求爱,想耍那教授一回,邵诗人闻言顿来兴致,招了一帮朋友聚在一处,等她事毕,立刻用电话报告如何运用种种方法引那位"德高望重"的教授上钩,"表现他种种求爱的丑态"。结果是教授出丑,一班人寻着了开心,尽欢而散。

另一桩事当从《孽海花》的作者自称"东亚病夫"曾朴说起。这位以写"谴责小说"闻名的前辈作家骨子里却是个浪漫派、老天真,他带了十万元钱到上海开真善美书店,不为赚钱,倒是为了以文会友,一时高朋满座,新交如云,各色人都有,这里面就有以邵洵美为头的一拨人。此老特别醉心于法国文学,不仅偌大年纪苦修法文,译《九三年》和《肉与死》,并且十分欣赏法国式的文学沙龙,尤其艳羡里面有一位对文艺有兴趣又有眼光,美丽动人,"由文艺家大家共同的爱人转变而成文艺活动中心"的沙龙女主人。有人曾向他推荐王映霞、陆小曼,然两位女士忙着同郁达夫、徐志摩谈恋爱,心无旁骛。老先生遍觅不得,也就息了此念,"确认中法两国国民性的不同,绝对无法把法国女性可能发展的生活方式来强迫中国女孩子摹仿学习"了。谁知偏巧这时有位叫刘舞心的女士来了一封信,大谈曾家父子译的《肉与死》,表达仰慕之情。据说曾老先生大喜过望,却也怀疑是邵洵美弄鬼,然而他也是喜欢佳话的,仍将此信并自己的复信在《真善美》杂志上发表。不久女士果然到书店拜访,适逢老先生不在。却是一个美貌动人的女子,表示遗憾之外,说明自己次日即要动身去外地了。其后发生的事越来越像是这位云里雾里的女士实有其人,沙龙女主人亦有所归了:向她约稿,便有一篇小说寄来,其后并告知在外地的地址了。

不用说,这事是邵洵美一手导演的,那女子是他的表妹,小说则是他代庖。老先生去世后邵洵美写了篇《我和曾朴先生的秘密》披露真相，言下对他制造的"韵事"不无沾沾。

这两出闹剧大约也算不得什么了不得的劣迹，直如贾政骂宝二爷的话，所谓"精致的淘气"。类似的"无行"，曾老先生仰慕的法国作家身上也常见的，缪塞扮了乔治桑的小厮出入社交场，以蒙人寻开心，被称作"浪漫主义的顽皮孩子"；梅里美男扮女装画了像，冒称加楚尔女士出戏剧集。然而那是浪漫派反叛秩序的余兴节目，里面有出轨而生的兴高采烈，而且他们首先是真正的文人，笔下是一流的好文章。鲁迅曰："'不近人情'的并不是'文人无行'，而是'文人无文'。"邵洵美诗是玩票，无病呻吟，端的"无文"，最喜为者，恐怕倒是上面的那一类韵事，两相加减，剩下的，大约只是"无聊"了。

《续结婚十年》"索隐"

过去的读者读小说常喜对号入座,某人即某人,某事即某事,似乎对故事后面真人真事的兴趣远在故事本身之上,索隐成了阅读快感的一部分。此种读法当然不足为训,也早已被讥为缺少起码的文学常识了。但是也有一些小说,你多半只好当它是实录。比如苏青的《续结婚十年》,如果不是当作自传,读来就兴味索然,至少我恐怕就没有太大的兴趣去读它。苏青本人似乎也并不拒绝,甚至有意无意间还希望读者采取"实事求是""对号入座"的读法。

苏青与一度同她齐名而又私交甚笃的张爱玲全然是两种不同类型的作家。张爱玲可以以一个地道的小说家的面目出现,苏青则不论是写散文还是写小说,对读者只能"素面相见"。这里的关键不在于是否利用个人经验以及在多大规模上利用,而在于苏青不具备将个人经验客观化、距离化的能力,她只能以最简单的、直线的方式处理她的所历所感。此外她又有非常强烈的自传冲动,并且总是倾向于毫无保留地顺应这样的冲动。我们在张爱玲那里常可觉察到某种怀疑、警惕和有意的克制,即使在自传性的散文里,看似推心置腹的"私语"、无忌的"童言"之外,也还有自我调侃、游戏三昧,而在她晚年别出心裁的《对照记》中，仍可见到此种暧昧的态度。类似的疑虑在苏青身上是再不会见到的，相反，她的自我陈述中总是伴随着对陈述的绝对的肯定和自信。所以从禀赋和天性上讲，苏青毋宁是一位传记作家。如同此类作家一般的情形，苏青小说（从《歧途佳人》到《结婚十年》《续结婚十年》）中的主人公无一例外，全是她自己，而写作的动机也无非是通过对个人经历和情感的反复陈述达成自我的宣泄和肯定。

现代文学中这一型的作家不在少数，宣称一切文学都是作者自叙传的郁达夫自不必说，郭沫若等人的作品自传化的倾向也极明显。女作家中这情形就更常见了，像庐隐、白薇、谢冰莹，其作品大体上可视为自传冲动的产物。白薇有一部《悲剧生涯》，现在大约不会有什么人看了，所写即是她与诗人杨骚的一段情史，小说中的许多细节都是从实际的经历中来，看作实录也未尝不可。虚与实的界限在他们是模糊的，他们也无意于否认小说人物与自己之间可指认的关系，甚至挑明或暗示二者的无间。有时候读者简直分不清是人物模仿了作者，还是作者在模仿笔下的人物。苏青没有上述作家的罗曼蒂克，其作品抒情的或曰自我宣泄的味道少得多，不过在处理自我与人物的关系这一点上，则并无二致。她的小说差不多都是以第一人称写的，而《结婚十年》与《续结婚十年》更是由主人公的名字"苏怀青"与"苏青"的近似有意提示她与主人公之间的对应关系，其时"苏青"这个名字在上海滩上已是家喻户晓了。

但是我在这里特别提出苏青的《续结婚十年》，倒不是想借此说明这类作家或自传体小说的一般特征，相反，指此书为实录恰是因为它已经越出自传体小说的范畴，"自传"压倒了"小说"，书中"小说"的成分已是大可忽视的了。借用歌德"诗与真"的概念,我们不妨把自传小说中"小说"视为"诗",而将"自传"视为"真";"诗"指向虚,关心的是普遍,"真"则指向实,关心的是具体。自传体小说"诗"的一面不仅指其虚构的成分,同时也指其对普遍性的某种关怀。作者往往将一己的经历拟为具有普遍性的处境,而主人公亦成为某一类人的代表。

像郁达夫、庐隐等人的自传小说,不论就作者的意图还是读者的接受而言,其主人公的经历都代表着时代青年的一般处境。苏青的《结婚十年》一方面是个人生活经历的叙写,另一方面她亦借此探讨了现代社会的女性在婚姻中进退失据的困境。张爱玲说"苏青最好的时候做到一种'天涯若比邻'的广大亲切,唤醒了古往今来无所不在的妻性母性的回忆……她就是'女人','女人'就是她",正是指她具有的一种普遍性而言,《结婚十年》也可做如是观,至少对苏青个人私生活的兴趣丝毫不妨碍我们同时把书中故事当作女性的一般经历来接受。《续结婚十年》就不同了,这显然不是苏青"最好的时候",她的叙述重心由《结婚十年》的所感转向了所历,由"诗"的经验偏向了她所经历的个别具体事实的"真",也就是那些更具有文献意味的东西,她最在意者亦在此,而读者的视线自然也被引向这一面了。

她之特别计较书中的事实乃是由她强烈的自我辩护的动机而来,这动机又因于抗战胜利后她的尴尬处境。苏青在沦陷时期的上海滩是出尽了风头的人物,不仅写文章办杂志,在文坛上很活跃,而且与汪伪政府中的许多头面人物亦有接触,她曾出入周佛海的公馆,主编的杂志受到过陈公博的资助,凡此种种加上那本"有伤风化"

的《结婚十年》及其他易遭物议的大胆议论，加上她是个毫无背景的女人，使得她在胜利后成为舆论讨伐嘲弄的对象。她的罪名包括汉奸文人、色情贩子等等，不可避免地还伴随着各种小报上关于她私生活的种种传言。苏青的反应是典型的苏青式的，即是大声抗辩，不论巨细，一一驳去，再就是以她一贯的大胆直率的作风，干脆将她在沦陷时期的经历和盘托出，也是让"事实"说话的意思，这便是《续结婚十年》。因为意在澄清"事实"，此书结果弄得有几分像一份变相的"交代"材料了。

以书名而言，此书作为《结婚十年》的续篇，理当延续前书的主题，书中写到离婚后的经历，诉说一个离婚女人求职谋生的艰难，寻找合适婚姻的不易，确乎也在继续着苏怀青的故事，但是苏青急欲自我辩护的动机使她在大部分时间里过度地忙于流水账式的记述个人经历中的一些具体事实了。同时像张爱玲敏锐观察到的那样，女作家的生活环境与普通职业女性大不相同，成名后的苏青已不能代表一般女人的处境。所以与《结婚十年》不同，《续结婚十年》成为纯粹的个人生活的记述。其间的区别我们从苏青本人的说明中即可察知。她在《结婚十年》的后记里声明"本文不是自传，只是自传体的小说"，并且以第三者的超然姿态分析男女主人公的聚散离合；在《续结婚十年》的代序中这种起码的距离感也不存在了，代序题作"关于我"——径直把读者注意力引向她本人，要求读者将她与人物等量齐观，在一番急切的自我辩护之后她在序的结尾写道："《续结婚十年》快要出版了，知我罪我，也就在于亲爱的读者了"——竟是要求读者根据她在书中提供的事实裁夺她的"罪名"是否成立了。

既是如此,我们不妨拿这书作实录看。近日读到苏青的老朋友金性尧先生《忆苏青》一文,文中提及《续结婚十年》第十七章"惊心动魄的一幕"里记述的事,苏青曾向他说起过,显然是真事了。翻到那一章看了看,记的是抓汉奸的人迫她领路抓她的朋友、有汉奸嫌疑者,而她不从,饱受惊吓后终被放回的经过。实则书中叙事的部分恐怕都是纪实。主人公与几个文人的苏州之游、南京之行、回宁波老家探亲,以至于积蓄的失窃等等,都可从当时杂志上的文人行踪之类以及她的散文包括此书的序中得到印证。此等琐碎的记述当作小说看索然寡味,对于苏青急不择言、竹筒倒豆式的交代和剖白,似乎却也是题中应有。不过读者最感兴趣的,当然是苏青迫于时势只好姑隐其名的人物的真实身份。

明眼人自不难看出,书中那位曾请她做私人秘书,后又助她大笔金钱的"金总理"写的是陈公博,这位大人物欣赏她的文章,同情她的经历,有次请她吃饭,酒后居然倾心吐胆,向只有一面之交的人黯然地说起他之实为文人,个性与政治工作的不合,又告她许多关于自己的历史:童年失怙,苦读,参加革命,希望的幻灭,但是他爱他的领袖,将永远追随他,知不可为而为之……类似的表白我们在陈公博的自白书及其他场合也有所见的,他要追随的领袖当然就是汪精卫了。

书中的"戚先生""戚夫人"则无疑是周佛海、周杨淑慧的画像。主人公的初登戚公馆是因戚夫人得知她要办杂志,来了兴致,想写些生活片断发表,但是身为阔太太,坍不下架子投稿,要编者先上门去征求——周杨淑慧的文章正是在苏青的《天地》上登出来的,内容是回忆她与周佛海在日本的留学生活。对戚先生的记述则与周佛海正相仿佛，戚中江是个实力派人物，而且是"如此的敏感又机诈，一个有学问、有手腕、有魄力，又是聪明绝顶的人，可惜走错了一步，吃亏了"。有意思的是，这个政治上的野心家和赌徒亦有同金总理类似的向一个外人、小女人吐出些内心隐衷的欲望，某次酒后，抑郁无聊中他用古笺抄了一首昔人咏吴三桂的诗送给女主人公，并且写上"志感"的字样，诗曰："李陵心事久风尘，三十年来诓卧薪。复楚未能先覆楚，帝秦何必又亡秦。丹心已为红颜改，青史难宽白发人。永夜角声悲不寐，那堪思子又思亲。"似是以贰臣自况，又对其不得已的苦衷三致婉转，一派悲凉，害得女主人公读罢顿起同情之心。

陈公博、周佛海这些历史人物与苏青是有距离的，她也只能隔着距离去看。书中更多写到的是一批与她交往甚密的文人。张爱玲说"她（指苏青）现在的地位是很特别的，女作家的生活环境与普通的职业女性、女职员、女教师大不相同，苏青四周的那些人也有一种特殊的习气，不能代表一般的男人"，我们透过苏青对其交往的叙述，对此话可以体味一二。这些人当中那位学徒出身，靠自己奋斗在文坛上立定了脚跟，而与主人公之间颇有些意意思思感情牵连的鲁思纯，大约写的是陶亢德；那个当过次长、报馆社长，高谈革命、目空一切，大有名士之风的谈维明则似胡兰成。余如潘子美、徐光来、裘尚文、钱英俊、范其时、木然、秋韵声、张明健等人，如果我们对沦陷时期的上海文坛稍微熟悉一些，皆可一一指认。

许多人不过是过场人物，方露面即再不出现了，而苏青总是看似毫无必要地一一交代他们的来历。这倒是从反面提供了此书实为实录的佐证：苏青写作时面对的都是真实的面影，现成的，顺手就写出来了。而为求"交代"的详尽，有过往者又要一一点到。《续结婚十年》的好处也正在此——在它作为小说失败的地方。从文学的角度看，它比《结婚十年》差得远，它的缺少文学处理却意外地给我们提供了一些难得的材料。倒也不是什么正经的史料——投影在苏青小天地中的种种不足以进入历史，而在于我们可以借此看到一些真实人物的某个侧面，同时真实地感受到沦陷区官场中人及文人中的一种特殊气氛。

除此之外，我对《续结婚十年》的另外一点兴趣是苏青所持的立场态度。金性尧先生称苏青为文百无禁忌，"《续结婚十年》里有些内容，在谨慎的人就不会写"，她的不谨慎不仅在于写真人真事而不顾及由此带来的后果，不仅在于直率地披露个人私生活的隐情，大有无事不可对人言之慨，而且在于她在书中理直气壮地为自己沦陷时期颇为可疑的所作所为辩护，同时毫不掩饰地表露她对陈公博、周佛海等人的同情。

她的自我辩护是在纯个人的立场上进行的，至于那些罪在不赦的大汉奸，她坚持只对他们私人性的那一面做出反应，而拒绝以国家、民族的名义做政治、历史的、道德的评断。对于他们的失足，她的基本态度似乎是"哀其不幸"，同时她将个人的与政治的区分开来："金总理"与"戚先生"也许是民族罪人，但于她个人却有知遇之恩，因时势变幻而"忘恩负义"在她似乎倒是失德的。所以她不无自矜地写到她在胜利后去探望穷途末路的戚先生，并在目睹了这位昔日"一切都有把握的人"的颓丧之态后几至潸然泪下；而从报上得知金总理的死讯后她更感叹道："我回忆酒红灯绿之夜，他是如此豪放又诚挚的，满目繁华，瞬息间竟成一梦。人生就是如此变幻莫测的吗？他的一生是不幸的，现在什么都过去了，过去了也就算数，说不尽的历史的悲哀呀。"政治上的是非功过皆化为人生叹惋——与她的自我辩护一样，这里面不难察知某种以个人话语消解民族、政治、历史的大话语的倾向。

  我不知道苏青之可能无所顾忌地采取断然的个人立场是否与她之身为女人有某种联系。过去看过不少"落水"或有"落水"嫌疑者的自辩，当然都是男性，或振振有词，或欲说还休，或闪烁其词，然不论是悔过还是抗辩，他们大体上使用的都是政治、历史的话语，国家、民族这些概念毕竟是不可跨越的。在历史的大动荡之中，在严峻的政治情势下，也许只有苏青这样的所谓"小女人"才会坦然地采取，同时被允许采取一种琐碎的个人话语吧？

石挥的小说

石挥是演员，演话剧，也演电影。在 40 年代老观众的心目中，话剧演员中恐怕没有哪一位比他更称得上是个"角儿"的了。我曾在旧杂志上看到当时的剧评对他的演技推崇备至，称他是"天才"，也曾听到老辈的人津津乐道地说起他在《大马戏团》里把慕容天锡"演绝了"。可惜予生也晚，无缘看到他在舞台上的绝活，唯一有幸看到的，是他在 50 年代初主演的电影《我这一辈子》。这是根据老舍的同名小说改编的，他演北京城里的一个"片儿警"（影片里小儿呼为"臭脚巡"），把一个善良、顺从又不乏世故的小人物刻画得淋漓尽致。就凭这一部片子，我认定他是当时真正的影帝，其深厚的"内功"无人可比，相形之下，红得发紫的赵丹，其表演也显得表面化，多少给人花拳绣腿的感觉。

而且《我这一辈子》可说是石挥一人包打天下，编剧、导演都是他。现在自编、自导、自演的"全才"似乎是多起来了，可大多能做到也就是勉强招呼下来，够不够格则另当别论。石挥那一代的名演员里似乎没有谁兼做编导的，何况他做得如此地道。老舍的作品让他来立体化地完整演绎（从编到导到演），真是再合适不过：老舍特有的那种富于人情味的幽默感、北京味、下层人生活中的辛酸和无奈，在石挥的改编中可说是原汁原味，毫不走样。除了他的经历给他提供了帮助之外，这实在还有赖于他的文学素养，而他的文学素养应该说早就有所表现了。

我指的是他在 40 年代发表的一些作品。几年前看张爱玲一篇题为《写什么》的文章，大约是针对文坛上常出现的那些指责作家创作天地狭小的议论发的，其中写到作家的生活经验不可避免有其限制时冒了一句道："有几个人能够像高尔基像石挥那样到处流浪，哪一行都混过？"当下看了很觉奇怪：高尔基是俄苏文豪，早年四处流浪的丰富经历是人所熟知的，举他为例是题中应有；石挥是演员，谈论写作把他扯出来，却是从何说起？不久以后翻看《杂志》，读到上面连载石挥的自传体散文《天涯海角篇》，也就明白了：张爱玲是《杂志》捧红的，1943 年下半年起几乎每期都有她的作品，她当然也是《杂志》的读者，石挥的文章肯定是看过的，《写什么》就登在《杂志》上，提到石挥，大约是"就近取譬"吧。

《天涯海角篇》说的正是石挥的流浪生涯，他是天津人，16 岁就只身闯荡江湖，在戏班子里打杂，跑龙套，什么活都干过，大大小小角色都演过，又走南闯北，三教九流的人都打过交道，他写他的不成功的恋爱，写他生活的艰辛。以他坎坷的经历，又没受过正规教育，而且职业是演戏，他能有那样的文字修养，一定有过刻苦的自修。虽说《天涯海角篇》每一段开头的部分总是抒发人生感慨，显得呆板且有些"三底门答腊"，他的叙述却相当自然，记事写人皆相当生动。有时他喜欢用一些他所掌握的成语化的词语，可能是为了显得较有文采，不过并不很生硬，而总体上他的文字仍保留着口语的语感、语流,活泼畅达。

石挥在《杂志》上还发表过《慕容天锡七十天记》《秋海棠出手记》,是塑造戏剧角色的札记;《演员创造的限度》,是论文。他还把黄佐临送他的一本英文书《一个演员的手册》翻译出来,可见他在外语上也下过功夫。我最感兴趣的是他还写过小说。上面提到的文章大都是编辑特约的,札记论文之类都属他专业的范围,自传名演员的生活素为读者关心,更是杂志要下功夫去挖稿的,同时期的名演员如张伐等都应邀在《杂志》上写过这类东西,只是石挥所写更见出色。但编辑未必会特意邀一位演员写小说,石挥"主动"写小说,说明他表演之外,还有文学创作的冲动。

《杂志》1945年7月号开始连载的这篇小说名为《大杂院儿》。篇名传达出浓浓的北京味,他想写的也正是北京人、北京的风情:"没到过北京的人不知道大杂院儿是什么,进了大杂院儿,才晓得这里边的奥妙。大杂院儿是北京的特产,人间的奇迹,生活的宝藏。"他是把大杂院儿当成了北京人生活的一个缩影。小说的主人公则是一个地道的北京人:"武二爷是北京生,北京长,北京的根儿。他爸爸就是这样,所以他也这样不离开北京。他爸爸在南城月牙儿胡同三十号住了一辈子,他也预备住一辈子,绝不搬家。武二爷跟北京跟月牙儿胡同跟三十号的房子,跟房子里的人是不可分的,有着超乎一切的感情在。"这调子没法让人不想到老舍。我想石挥那时肯定已读过不少老舍的小说,他早年在北京的生活经历想必使他读罢感到无比的亲切。他对北京浓厚的兴味,他对北京人、对北京人生活的体认,无疑都受到老舍小说的暗示,至于用"京腔"写小说,当然更是老舍给他开的道儿。

石挥运用北京话相当熟练,这从小说一开始就给人很深的印象,下面是写众人争看行刑场面的一段:

……人声乱成了一团,你拥我挤,把一条顺治门大街围得透不出一点气来,如果今天没有点风的话,小二子放的屁准可以在人堆里保留半个小时。

你伸长脖子,他拔出脑袋,个儿小的踮脚儿,看不清的时候就挤到高坡上去,一只手抱着电线杆子,眼睛睁着,嘴张着,人们的视线都往顺治门脸儿看,看那不能打仗只能过差事的马队,一步一步,慢慢地踱了过来。

场面写得很生动,所用的比喻、"拔出"这样的动词,都透着口语的新鲜与活力,句子节奏感强,有劲道,又还有北京话特有的幽默味。假定要蒙人,说是老舍小说里的一段,料也没人会怀疑。

被绑赴刑场的正是"武二爷"张德胜,小说的故事大约是要围绕他的"一辈子"展开的。麻木的观众围观杀头的场面因鲁迅在小说中的反复描绘已给国人留下了深刻印象,石挥以这样的场面开始再回叙故事,不知是出于谋篇布局(给我们一个"先声夺人"的开头?),还是有其他的考虑。张德胜与阿Q的结局很相像,都是当官的抓不住真凶被拉去顶缸,此外他也好幻想,不过他心肠好、仗义,石挥显然有更多的同情,他所在意的也更在风俗化,而非国民性批判。张德胜住的大杂院儿里有各式各样的邻居,做小生意的,拉车的,给洋人当差的,暗娼,三教九流,是石挥写北京人生活预备下的班底。

然而戏如何唱只能由我们去猜想了,因为故事刚开了个头,主人公的性格刚大致勾出了轮廓，登场人物刚一一亮了相，便"戛然而止"。原因是《杂志》1945年8月停刊。《大杂院儿》这时刚连载了两期，只是七八千字。

照开头的架势看，这小说至少是个数万字的中篇的规模，而且石挥不像是随写随登，恐怕大体已经完稿，至少有完整的腹稿，因为已写的部分已经有一些伏笔。前面的部分既然写得颇老练精彩，我们即使不从"猎奇"（演员写小说）的角度，以小说论小说，对它的有始无终也应感到惋惜的。

好在石挥的心血并未完全白费，虽然未写出张德胜的"一辈子"，我想当他改编《我这一辈子》之时，当然是把他写《大杂院儿》时的积蓄掏出来，融进去了。

林语堂的"加、减、乘、除"

台湾金兰文化出版社1986年推出"林语堂经典名著",全套36册,可谓洋洋大观。第五种为《中国传奇小说》,观书名,疑是批评性著述,便想看看这位幽默大师对传统小说又有何妙语。翻到里面,方知全名应为"重编白话本中国传奇小说"。实则此名亦不确:是书原是精选旧小说中之出类拔萃者,用英文编译而成。这里再译回来,已属"出口转内销"的性质。况且书中《碾玉观音》《无名信》(即《简帖和尚》)两篇均本自宋元话本,"白话"二字更不知从何说起了。

林语堂兼通中西学,又能写一手极流利漂亮的英文,从事文化上的出口事业,自是出色当行。然出口而转内销,结果往往是吃力而难以讨好。《京华烟云》在西方销到数十万,且曾获诺贝尔文学奖的提名,翻成中文,口碑却不甚好。眼下这本书皆由名篇而来,又经了中文到英文,再由英文到中文的一番折腾,读过原作的人看了,当然更觉不是味。好在著者早有声明,此书乃是"用重编方法,以新形式写出"。当作故事新编,与母本两相对照,倒又有些看头了。——看林语堂如何使旧故事合于"现代小说的技巧",看他对原作的理解把握,更可看他怎样将中国故事改造得便于西方人消化。

若谓作者与读者是对话的关系,解释和说明(不管是显露的还是暗含的)就必不可少。哪些地方需要解释,需要解释到什么地步,取决于读者对象的状况,而这冥冥中存在的读者形象只能是作者想象中的假定。所以最后的一看,实在是看林语堂对西方读者趣味与理解力的判断。

林语堂的故事新编,可以比之为"加、减、乘、除"的混合运算。具有决定意义的是除法。要消除文化的隔膜,人类共通性理所当然充任了公分母。林林总总的中国小说经此一除,得来选在这里的20篇;就每一篇小说而言,这个公分母仍然有制约的意味。筛选过后的篇目并非处处尽如人意(不能被公分母除尽?),于是要用加法与减法,该添者添,该去者去。再复杂些,便要自出机杼地"创作"——姑且称之为"乘"吧,乘以林语堂的"现代意识"。

先说加法。《小谢》一篇取自《聊斋志异》,蒲松龄笔下的陶生"凤倜傥,好狎妓,酒阑则去之,友人故使妓奔就之,亦笑纳不拒;而是夜终无所沾染……有婢夜奔,生坚拒不乱"。坐怀不乱在中国一向是美谈,中国读者对这段文字不会生出疑窦:陶生颇有克己功夫,对此亦颇有几分自得,如此而已。林语堂为西方读者设身处地,不能见怪不怪,他要悬想,讲究因为所以的西方人会不会追问,陶生何以会"坚拒不乱"?再者,他们能不能理解这份"眼中有妓,心中无妓"的中国式潇洒?口问心,心问口的结果,是加上了一段前因后果的交代:原来"他研究道术之时,经道士秘密传授之后,他也曾经实验采补密术,经久不泄,以求延年益寿。在此期间,所御女人甚多,后来皆弃置不顾——他好像对女人已经看透了"。话说得有些含糊,但也足以使人揣想,陶生的不为女色所动是纵欲而终入于厌倦的缘故。不滞于物的洒脱变成了厌世,由此一来,西方读者大约很容易联想到斯旺(普鲁斯特《似水年华》一书主人公)一流人物的经历而易于认同吧!

林语堂的减法可举《虬髯客传》为例。原作写传主与李靖初次相逢对饮时有一细节:"客曰:'吾有少下酒物,李郎能同之否?'靖曰:'不敢。'于是开华囊,取出一人头并心肝。却受头囊中,以匕首切心肝食之。曰:'此人乃天下负心者也,衔之十年,今始获。吾憾释矣。'"编译之后,这情节不见了。以意逆之,这恐怕是林语堂预防西方读者对两位豪杰产生恶感而采取的断然措施:同类相食,令人震惊,这两位正面人物却安之若素,西方人受过人道主义调理的精致胃口是否吃得消这样的豪举?也许他们会认为,即使是对"天下负心者",这种食肉寝皮的惩恶方式也有虐待狂的嫌疑?

顺便说说,在林编《虬髯客传》中,受损害最大的形象既非虬髯客,也非李靖,而是红拂。假如删去一段是照顾西方读者的感情,那对红拂的改动则毫无道理。原著中,这位"巨眼识英豪"的奇女子实在比"英豪"李靖更有见识,她不单"识"李靖,而且最先"识"虬髯客的也是她。林语堂打了偏手,原作中显得平庸的李靖在他笔下变得沉稳大度,识力过人,红拂则在识得李靖之后,真个头发长、见识短,十足的"妇人之仁"了。结尾处且有一段"创作",这是在得悉虬髯客海外称孤的消息之后:

"你能不能给他尽点力,——比方说,向皇上说明,求皇上颁赐封号给他呢?"红拂说。

"不要多此一举。皇上的封赐是会使他不痛快的。不管在什么地方,他总是要至高无上的。"李靖说道。

眼光超迈的大丈夫,温良厚道的好娘子——咄!煞风景!煞风景!!
言归正传。上举两篇虽小有改动,严格地说来,还算不上重编。真正脱胎换骨,掺入了林语堂"现代意识"的,是《碾玉观音》《无名信》《独氏》《莺莺传》诸篇。

《碾玉观音》原写玉匠崔宁与主人之养娘秀秀私奔被捉回,秀秀遭主人活埋于后花园中,后化厉鬼寻仇。以今天的眼光(说是西方人的眼光也未为不可)探其主旨,说是爱情,不够动人;说是复仇,人间事搅入神鬼谈,不是迷信,便是过于陈腐,因此林语堂"仅据原作前部,后遂自行发展"。重编之后,故事的戏剧性转移到一新的矛盾之上;女主人公力劝张白(即崔宁)放弃玉匠生涯,改业泥塑,因为张的绝活定会被人认出,后果不堪设想。张却是欲罢不能,终不忍放弃自己的艺术。结局是女主人公因碾玉观音泄露消息被主人捉回,郁郁而终;张白则不得不四处亡命。照林语堂在题记中解释,这是"以艺术创作与作者生活为主题,申述大艺术家是否应为掩藏其真的自我而毁灭其作品?抑或使作品显示其真的自我?——此为艺术上一简单主题"。简单的主题也就是东西方人都能理解的普遍的主题。在此不必评说这个主题在林氏手中表现得是否完满,也无须追问他何以要选中这篇小说来移花接木,值得一提的是,艺术与自我的关系这个主题在西方小说中更常见,比如梅里美的《伊尔的美神》、莫尔纳的《雪人》。所以林语堂虽在介绍中国故事,改编的灵感却很可能来自西方文学的传统。

与《碾玉观音》相比,《无名信》还算忠实原著。林语堂称《简帖和尚》为"中国文学中最佳之犯罪小说",改编时自然手下留情。但故事格局虽无大变,男女主人公却是面目一新。中国话本小说的说教色彩极浓,说书人均以道德卫士自命,凡诱人私通者皆被处理成十恶不赦的恶棍。《勘皮靴单证二郎神》中的庙祝给锁在深宫的韩玉翘带来幸福,说书人的命意却在强调他的奸邪险恶,而所谓幸福终被归结为一场骗局。简帖僧有卷逃的前科,又以匿名信的奸谋使皇甫休掉妻子以遂其心愿,最后自然难逃"重杖处死"的下场。林语堂大做翻案文章,简帖僧摇身变作洪员外(中译者用的是"绅士",当是从英文本中的 gentleman 直译),在春梅(原作中的皇甫妻)眼中"又有风趣,又慷慨,又殷勤",他之写匿名信乃出于真正的爱慕之情,所以结婚后的春梅"从来没有想过自己会那么幸福"。这幸福不是骗局,不是幻象,其真实性不容置疑。编译者的肯定态度见于结尾的处理。原作中骗子伏法,皇甫夫妇破镜重圆。重编本的末尾,三个人在相国寺邂逅相逢,皇甫痛心疾首地忏悔,春梅不为所动,与洪某携手昂然而去,"春梅和洪某在街上走着,还听见前夫在后面叫:'我已经原谅你了,春梅,我已经原谅你了。'"这里的皇甫颇似《傀儡之家》中的海尔茂,春梅则早已从前夫不分皂白决意休妻以洗刷自己戴绿帽子嫌疑的举措中看破他的自私和无情,从洪某的温情脉脉中领略到爱情的滋味,此时俨然是一位古装的娜拉。林语堂在题记中写道:"使皇甫氏依恋洪某,不愿回顾前夫,尤使中国读者读之惬意。"人们也许有理由怀疑此话的可靠性:更觉惬意的究竟是中国读者还是西方读者?即使在今日,中国老百姓的审美习惯更乐于接受的,仍然是抱屈含冤、楚楚可怜的女性形象。对于中国读者,林语堂应该担心的倒是另一面:看到春梅决绝的"出走",他们的"分寸感"会不会使他们觉得春梅太寡情？他们会不会转而将同情与怜悯慷慨地抛向皇甫？好在他面对的是西方读者，就此而论，现在的结局肯定更受欢迎。

很奇怪，《无名信》在林氏的分类中竟被归入"神秘与冒险"，而故事情节有几分类似的《狄氏》（选自宋人廉布所作《清尊录》）则又合理地归入了"爱情"。《狄氏》写的是一个结局十分美满的私通故事，发生于南宋，其中的人物多是这类故事中不可缺少的角色：好述的情种，拉皮条的姑子，怀春的少妇。林语堂所下的功夫，是在更高层次上（？）为狄氏、滕生的私通寻找"合理性"。添加进来的情节是一次"正义行动"——太学生呼吁朝廷收复失地，首领之一便是滕生。狄氏接受姑子慧澄撮合，半推半就见了滕生，起初一边怦然心动，一边又"自己觉得正在做一件淫邪的勾当"。不想此人乃是一腔热血的太学生，一番忠贞爱国的慷慨陈词又"痛快淋漓地说出了她自己的心头话"，于是狄氏感到"现在跟滕生在一起……已经觉得毫无拘束，觉得安全无虑了"。有了此种精神上的契合，狄氏心中坦然，怀了私孩子毫不惊惶，一点不像安娜·卡列尼娜被罪恶感苦苦地纠缠。那个丈夫却颇似卡列宁，自私虚伪，一个十足的官僚。不同处在于，他还是一个无耻的投降派。正因为如此，滕生、狄氏的行为更见得正当、高尚，狄氏的背叛则超乎男女之私，成为正义与非正义之间的抉择。

赋予二人私情以"更高意义"是否有画蛇添足的嫌疑，可以存而不论。最有趣的是，30年代的林语堂编《论语》、谈幽默，对左翼作家颇有微词；几十年后，经他手改编的《狄氏》却令人想起左翼作家的小说，比如胡也频的《到莫斯科去》《光明在我们前面》，其中两个男人照例一革命，一反革命或假革命，女主人公则照例跟着真正的革命者走了。钟情于革命者最充分的理由是，他代表进步和正义。狄氏没那么单纯，但照林语堂的解释，她爱滕生，至少有一半是因为他爱国、主战；她当然不比新女性——没有那么多的徘徊，也没有采取主动姿态的条件，但故事的模式何其相似。

要在这里将查泰莱夫人更加"形而上"（抑或"形而下"？）的抉择与这模式扯到一起，恐怕难免拟于不伦之讥。但是提到劳伦斯的小说，倒又使人畅想到另一问题：在改编《简帖和尚》与《狄氏》时，林语堂何不来上一点弗洛伊德，让故事朝心理小说的方向发展？（我敢打赌，今天的作家多半会走这条路子。）要说原作与心理小说整个风马牛，那原来的主旨与林语堂提炼出来的"意义"，其距离是同样的遥远。从接受的一面看，换一种改法西方人也许读来兴致更高。何乐而不为呢？是难度太大，还是对西方人的趣味失于判断？我相信还有一个重要原因：林语堂毕竟属于"五四"那一辈人，他的"现代意识"是"五四"打的底子。那个时代的人服膺理性的权威，关注新旧道德的冲突，惯于从社会、伦理的角度寻找文学主题。林语堂的改编实在是驾轻车、就熟路，透过经他改写的故事，我们可以一眼看到"五四"时代流行的新信仰：没有爱情的婚姻是不幸的——所以要"出走"；爱情须建立在志同道合的基础上——所以有共论国事的情节。鉴于林语堂从事他的编译时，诸如"理性""自由"这一类的信念在西方已重新受到考验，鉴于旧式婚姻的阴暗给中国人留下的印象之深，我们可以说，林氏虽在迁就西方人的胃口，他笔下人物的做派虽有些洋化，他的改制品中包含的"问题"依然是中国的。

很难估价林语堂这笔出口生意做得是否成功,以及在多大程度上成功。他的"产品"是否适销对路系于他对西方读者趣味与理解力的判断,而要判断他的判断是否准确无误,理想的权威应是深通中国文化的西方读者。单就他的著述在西方畅销而言,他的判断也许大致不差。果真如此,我们则又意外地得到一个机会:可以借助他这一番"加、减、乘、除"中暗含的西方人眼光,反省一下我们自己的形象。比如,切食心肝的"豪举"恐怕不仅称得上暴力而且不止于暴力了,为什么西方读者读之不唯恐怖而且要对英雄大起反感,我们则视若无睹,丝毫不减对英雄敬意?(《水浒》中的暴力也够吓人,我们同样坦然接受了,尽管鲁迅对李逵"排头砍去"的鲁莽大为不满。)西方读者看到陶生"眼中有妓,心中无妓"的做派会大惑不解,我们何以不生疑窦,但觉一派潇洒,换句话说,中国文人何以会修炼成这份独树一帜的潇洒?等等,等等。深究起来,真是一篇绝好文章。

这绝好文章林语堂没有花力气做。尽管写了好些关于中国文化的书,他却甚少把中国文化当作一个玄妙的谜去详猜,——这又是题外话了。就书论书,我们可以置疑的是,林语堂对西方读者的胃口是否迁就太过?文化上的出口毕竟不比其他,考虑对方的接受便利之外,还须尽量保证货色的原汁原味。既然号称《中国小说名作》(此书英文本名为 *Famous Chinese Short Stories*),改编时与原作就不应有太大的出入。来个低度"茅台",西方人喝了也许更觉顺口,只是那已不是真正的"茅台"了。要引领西方人进入神秘陌生的东方世界,付出代价是必然的。问题在于像《简帖和尚》《狄氏》等作品牺牲太大,让人觉得冤枉。我相信,少来一点廉价的"现代意识",西方读者的理解也是可能的。

不过，尽管林语堂无处不是慷慨大方地对西方读者的趣味和理解力做出让步，有时他却又在无意间被自己的文化背景所诱惑。《莺莺传》一篇，他让刚住进普救寺的元稹（注：林语堂要把无行的元稹拉出示众，径直将张生还原为历史上的真人，故事后部极写元的负心）打量四周景色，但见"果园里黑色的瓦房顶上，一株红杏的枝柯伸出了墙来"。此为原本所无，林语堂下笔时腹中肯定揣着"满园春色关不住，一枝红杏出墙来"的诗句，红杏出墙隐喻女人的怀春及私通，在中国已是烂熟的典故，中国读者读到这里当别有会心，西方读者恐怕看不出里面的夹缝文章吧？

好在轻轻放过也无妨。

"妾身未分明"

现代作家中颇有几位，曾经用汉语之外的语言从事写作，而且在西方读者中产生过或大或小的影响。比如梁宗岱的诗在法国得过奖，盛成的小说《我的母亲》、叶君健的小说《山村》在欧洲一度受到欢迎，林语堂小说的畅销美国更是尽人皆知的了。这些作品80年代以后或由作者自译，或由他人翻译，都转"内销"，与中国读者谋面。但文学史上则大都忽略不计。这可以理解，文学史不是作家大全，无须巨细无遗地罗列作品，它只筛选出经典的，或是暗示了值得注意的文学动向的作家作品，而上举作家在文学史上大都说不上重要。另一方面，这些作品既以西方语言写作，当是以西方的读者为对象，而西方的读者仅以此作为了解中国的材料（梁宗岱的情形是例外），不会顾及其文学性，他们的文学史更不可能将其纳入视野；他们是中国作家，可是又处在现代文学发展的线索之外，不是说他们的写作与新文学全无关系（事实上有时候其间的关系还显现得相当清晰，比如《山村》的写作即明显见出30年代左翼文学影响的痕迹），却毕竟模糊，严格说来，与中国新文学之间并无对话关系。这笔文学的账，要算清它还真有点麻烦。

当然算不清也不打紧,既然他们大都不算重要。而且他们的这类写作多带有偶然的性质,时过境迁,也就作罢。情况特殊的只有一个林语堂。自30年代去国到晚年回台湾定居,其间几十年,他在美国基本上是以英文写作,持续的时间大大超过他的中文写作(他在中国文坛的活动,满打满算也不过十几年)。他的英文作品占了他全部创作的大半,看他的全集就可以知道。虽然他在30年代的中国已经建立了自己的声望,可是名声的达于顶点,却是仗英文写作,《京华烟云》一度甚至有望染指诺贝尔文学奖,而他对自己的英文写作也颇为看重。

但是美国的文学史自然不会理会林语堂,尽管他的书几度高居畅销书的榜首。首先他就未入美国籍,不算美国作家。即使撇开这一点不论,单从创作水准去看,美国人也宁愿对他闭门不纳。据说林的英文,不少美国人也佩服的,然流畅自如地驱遣一种语言并非成功作家的全部凭借,何况对于"文学"的语言,又另有一种标准。置于西方小说发展的背景下,林语堂的小说在叙事艺术上可说毫无新意,他的那些解说中国人、中国文化的小说,实是处在西方现代文学主流之外的,与之并无真正的对话关系(这一点上正像赛珍珠的小说),只能以畅销书视之,美国人怕是将其归入通俗文学一类的。康拉德是波兰血统而以英文写作成名,纳博科夫是俄裔终以英文写作赢得地位,林的情形似相仿佛,其实两样:成名与文学史意义毕竟不是一回事,其间的区别即在从事严肃创作、批评的人是否真正感觉到他的存在。康拉德、纳博科夫诚然分别加入了英国、美国国籍,然以他们在文坛上的影响,以他们对西方小说进程的参与,恐怕即使不"归化",英、美的文学史也情愿将他们纳入自己的叙述的,处在这个进程之外的林语堂则不能有此想了。

退一步说,看作二流作家,林语堂的位置还是尴尬。80年代以后,很有几位华裔作家在美国写小说出了名,像写《喜福会》的谭恩美等。姑不论成就的高低,他们的定位毕竟要容易得多。不仅因为他们是第二代、第三代的移民,而且因为他们处理华人在美国社会的处境,因种族、文化等差异而生的与主流社会之间的龃龉,接受与排拒,其"问题"相当美国化,"语境"也是美国的。不管"文学性"如何,他们是美国文学的一部分殆无疑问,至少是美国少数民族文学的一部分。反观林语堂,他的小说虽面向美国读者,其中包含的"问题"(如果有"问题"的话)对于美国人却不很"切己",即从社会学的层面看他的"语境",似也不在美国,不在西方。他与西方读者的对话因此是较为外在的。

既然是面对西方公众,他的英文写作自然又不在中国新文学发展的语境之中。赴美之后,他与新文学发展的脱节不仅是空间上的,而且是实质性的。中国作家的写作影响不到他,他的写作也在中国作家的意识之外。他处理的题材、故事的背景与许多中国作家容或相近,然其中却缺少一种现实感,也就是说,他与中国社会、中国人的生活之间已不存在真正的对话关系。所以,即使不从语言媒介的角度看,林语堂的写作也已不是中国现代文学的一部分。

既然如此,中国现代文学史对林语堂的交代多止于30年代,也就顺理成章,虽说《京华烟云》等书从时间上看也属新文学的段落。现代文学史上因此只有小品文家林语堂,作为小说家的林语堂则不被理会了。固然也有人论及他的小说,但要纳入文学史的叙述,就总有点不顺,是另一回事了。

林语堂曾给自己定位,曰"两脚踏东西文化,一心评宇宙文章",是超然姿态,也是边缘立场,不道两只脚都有些踏空,他的小说创作搁在哪一边都显得暧昧,也只好暧昧地待在中国现代文学史的边缘。用他的幽默腔调,作为小说家,他怕是该有"妾身未分明"的慨叹了。

《大地》风波

近年来中国的导演在国际影坛上屡有斩获,捧回不少大奖,文学的"冲出亚洲,走向世界"则似乎仍然遥遥无期——如果得奖与否是唯一标准的话。不比电影的机会多多,文学的走向世界仿佛只有诺贝尔奖这一条道。这就更让中国作家梦寐以求,以致有了所谓"诺贝尔情结"。多少与这"情结"有关,几乎每一年颁奖之际,文坛上都要出现一阵或大或小的骚动,而随着得奖愿望的一再落空,该奖项的公正性也越来越变得可疑。其实诺贝尔文学奖的颁发常受政治、文化等因素的左右,"摆不平"之事屡有发生,也屡屡因此受到指责。该得的没得,不该得的却得到了。在不该得而得到者的名单上,赛珍珠恐怕要排第一名,每当人们对诺贝尔文学奖的水准表明怀疑立场之际,她是最容易被想起的人物。中国作家似乎尤有理由对赛的获奖感到不平,因为赛珍珠获奖的主要原因是她"对中国农民生活史诗般的描述",这好比是拿别人的本钱做生意发了财,何况在中国人看来,那本钱是被她胡花掉了——她笔下的世界与真实的中国毫不相干。

《大地》的大获成功,30年代即在中国和西方引起过不大不小的风波，然背景不同，心态各异，中国和西方的反应颇有距离，两相对照，很有些意思。据90年代内地出版的一本《赛珍珠研究》提供的材料，西方的否定性反应似更集中在1938年赛珍珠得了诺贝尔文学奖之后（尽管1932年《大地》获普立策文学奖已使她引人注目），中国人的非议则在她获诺贝尔奖之前就出现了，照理说1938年的颁奖应在中国文坛激起更大的反响，不知是因为资料搜集大有疏漏，还是当时中国抗战的情势使得作家们无暇他顾，总之我们没见到有关的议论。有一点是可以肯定的，当时的中国作家尚无"诺贝尔情结"，他们看不出该奖与自己有何关系，诺贝尔文学奖基本上还是属于西方的"他们"的事情。

有一桩轶事是众所周知的：当鲁迅得知有人有意提名他为诺贝尔文学奖候选人时，很干脆地谢绝了，除了个人的理由之外，他并且说道："我觉得中国实在还没有可以得诺贝尔奖金的人，瑞典最好是不要理我们，谁也不给。倘因为黄色脸皮人，格外优待从宽，反足以长中国人的虚荣心，以为真可以与别国大作家比肩了，结果将很坏。"公认为新文学作家第一人的鲁迅尚自以为不够资格，其他作家当然更无望染指了。"五四"以后的中国作家的确表现得相当谦逊，他们把自己看作西方大作家的私淑弟子，同时，正像他们把中国社会的发展当作特殊的问题加以专注地对待一样，一般来说，他们也不觉得他们的写作是具有普遍意义的，其有效性似乎只限于中国。对国际文坛他们无从，也无意置喙，尤其是以"文学性"的名义。只有在极个别的情况下，往往是由于文学以外的原由（多是与中国发生了直接的关系），才会听到中国文坛对西方作家的非议，比如萧伯纳、泰戈尔的受到批评，前者是因对中国的态度有"问题"，后者是因他的一套哲学。赛珍珠的声名鹊起如果是因她的传记（根据得奖评语，这是她获奖的次要原因），中国文坛也许报道一下即表过不提，大约不会发出什么特别的批评声音。然而《大地》是以中国为题材，自然也就另当别论。80年代一位学者谈及此事时写道："如果有别的原因把奖金授给赛珍珠甚至授给一个蹩脚的作家，中国人民可以不置一词，可是偌大一个中国仿佛没有一个够水平的写农村生活的作家，竟需要有人来代替，这种行事方式未免过于骄横。"当年中国作家的不忿，多多少少也是由此而起。

赛珍珠获诺贝尔奖后，西方文坛的非议之声则是冲着她的文学资格而去的。在西方作家的眼中，赛珍珠如同《飘》的作者米契尔一样，不过是个通俗小说家。《大地》的传播情形也与《飘》、与通常畅销小说一样，刚一出版即走俏，随后几乎被译成所有文字，接着又由好莱坞搬上银幕，动用大明星，在各国上映均极叫座。如果赛不拿诺贝尔奖，至少在欧洲，大约是波澜不惊——通俗小说畅销的情形多得是，甚少有惊动了文坛的。然而赛竟得奖，须知诺贝尔文学奖一向是奖给在文学史上有重大贡献、对文学创作产生了重大影响的人物的，而当时的候选人包括捷克伟大作家恰佩克（他最为中国读者熟知的作品是《好兵帅克》），大名鼎鼎的弗洛伊德，意大利哲学家、美学家克罗齐，英国作家 A. 赫胥黎，瑞士作家赫赛等30人。据称这些人"从纯文学的角度观之，大抵都是够格获奖的"，且其中多人已排队多时了，想不到该奖落到了最不具资格、看来绝无可能获奖的赛珍珠头上，这结果真让人莫名惊诧。赛珍珠本人也没料到会交此好运，她称在瑞典学院的电报抵达之前，她宁愿相信这是一场误会，或是一则"低级笑话"。

欧洲文学界的很多人肯定是把此事当作笑话来接受的，也许美国文坛在很大程度上也只好视之为一场误会。美国人似乎并不以为这给美国文学带来了什么荣耀。奥尼尔、海明威、福克纳得奖是值得美国人自豪的，赛珍珠正像米契尔一样，与上面这些人物甚至不存在真正的可比性。没有几个美国人会相信赛珍珠的创作能够真正代表美国文学取得的成就，所以尽管她得的是世界性的奖，美国的文学史上却没有她的一席之地。事实上赛珍珠的写作处在西方文学的发展之外，20世纪西方文学界经历的深刻革命在她那里没有留下什么痕迹。从纯文学的观点讲，《大地》实在乏善可陈，无论是形式还是观念，都显得相当保守。赛珍珠在艺术上谈不上什么追求，以一个严肃作家的标准则她写得过多过滥，同时她也被认为"过分地多愁善感"（"多愁善感"在西方的文学字典中似乎早已成了批评文学媚俗的常用术语）。中国的经历提供了一个独特的写作领域，但赛珍珠只是抓住了一个对西方人显得很新鲜的题材，却不能提供一种真正的个人视野，她所有的不过是一位浸礼会远东传教士女儿的寻常见识。正像一般通俗作家的成功并不具有文学的意义一样，她的成功也是非文学的。我想《大地》的畅销与近些年《喜福会》《鸿》等书大获成功的情形多少有些类似，它满足了西方人对神秘中国的好奇心，这一类的书他们所要求、看重的并非文学性，而在它们的"材料"，它们也一直是被划入通俗文学的另类。只是30年代的西方人对中国所知更少，对中国的想象更是一厢情愿，而赛珍珠满足了这种想象：她提供了西方所乐于接受的中国人的形象。

瑞典学院似乎也感到只因《大地》就把诺贝尔文学奖授予赛珍珠，理由不够充分，所以在得奖评语中又加上了她在"传记方面的杰作",而且颁奖辞中对她两部传记的艺术评价比《大地》要高("以人物的描写和叙事的艺术而言,她最佳的表现却是她写父母亲的两本传记")。即使如此,赛珍珠的获奖仍不能令人信服。时至今日,我们自然早已知道,她的得奖在很大程度上乃是国际局势提供的机缘:当时欧洲的战争一触即发,瑞典学院不想因颁发诺贝尔奖(即使是文学奖)刺激任何一位可能的当权人物,而其他的候选人物都不免有政治色彩,于是与政治、与欧洲事务最不相干的赛珍珠成为最佳人选。——刻意的规避政治恰好说明了政治的"在场"。事实上在对赛珍珠的肯定评价中,文学多半倒是"缺席"的,人们更多肯定的是她在文化交流方面的意义,同时给予肯定评价的名人多半是政治人物,如四五十年代的周恩来、董必武,70年代的尼克松。在中国领导人那里,她作为可争取的统战对象被肯定;在正在打"中国牌"的美国总统那里,她是"沟通东西方文明的人桥"。与之相反,文学家则多的是鄙薄,至少对她的艺术成就保持沉默。中国著名作家的负面评价容后再述,美国作家中名诗人弗罗斯特的反应或许是有代表性的,他评论道:"如果连她都能得诺贝尔奖的话,那么任何人都可以得。"政治家与文学家评价的反差,的确耐人寻味。

有意思的是,30年代的中国文坛并不像西方文学界,径直将赛珍珠视为通俗作家,那时似乎还没有形成类于如今的"高雅/通俗"的概念,新文学对鸳鸯蝴蝶派的讨伐是在新与旧、进步与反动,或是道德的意义上进行的。也没有哪位作家像西方作家那样指责赛的"多愁善感"——新文学本身就够多愁善感的了,涕泪交零有时候倒正是新文学的特征。在对《大地》文学性存而不论的同时,中国作家对赛的不满集中在一点上:《大地》歪曲了中国的现状和中国人的形象。

一个作家笔下出现别国人的形象时，往往很容易受到那个国度的人士的指责，海明威名作《丧钟为谁而鸣》以西班牙为背景，西班牙人即认为书中歪曲了自己的形象（有一篇文章题目就叫《是西班牙，还是海明威？》）。那些类于吉卜林的描写殖民地生活的作品就更显得可疑。不过此类作品大多是以他国、他种文化作为背景，或可归入"某国人在某国""西方人眼中的东方"这样的议题下，其视角是受限制的，赛珍珠则以一个"中国通"的"全知"角度来展现中国生活，中国作家自然有更充分的理由要求她描写的准确性、可靠性。

鲁迅即使没读过《大地》也肯定知其大概，他在私人通信中表示了他的怀疑："中国的事情，总是中国人做来，才可以见真相，即如布克夫人，上海曾大欢迎，她亦自谓视中国为祖国，然而她的作品，毕竟是一位生长在中国的美国女传教士的立场而已，因为她所觉得的，还不过一点浮面的情形。"与鲁迅的温和相比起来，其他人的态度则要严峻得多了。对于一般的中国人，这里牵涉到民族自尊心的问题。1938年，电影《大地》在上海上映，海报上突出拖着辫子、缠着脚、抽着鸦片、端着夜壶的中国人形象，即令现代的中国观众大为反感。洪深当年因发现一部美国影片有辱华倾向，当即离席抗议，《大地》引起国人不满，部分的也正是这种情绪的延续。百年来中国饱受西方的欺辱，对于西人对中国的态度十分敏感。

然则真正的中国人应是怎样的形象？不同立场的中国人理解上也大有距离。1933年，留美华人学者江亢虎教授致信《纽约时报》，就《大地》以"卡通画的漫画手法"对中国人所做的歪曲提出批评，他讥讽地写道:"我常感到她对某些奇特怪癖的细微描述和对某些仅受低等教养的中国角色的描写真是不易,尽管这些角色全是不真实的、不常见的。"此外他断言赛的描绘是受了"中国苦力和老妈子的影响",这些人"生活思想总是不可思议,他们的一般知识确实有限。他们可以组成中国人口的大部分,但他们肯定不能代表中国人民"。这些论点很容易让我们想起近些年来海内外对一些内地获奖片的批评,即这些影片通过"炫奇",通过展览中国的落后和阴暗面以迎合西方的口味,而那是冒牌的中国。不同的是江亢虎明显流露出的"上等人"意识,这一点同他关于绘画文不对题的比拟以及他对书中"不健康的性表现"的攻击一道,为赛珍珠提供了很有利的答辩机会。赛珍珠不无理由地推测,江亢虎大约以为,像他那样有教养的知识分子才能代表真正的中国,接着她厉词抨击中国知识分子"为了表示高傲而藐视没有文化的农民,完全忽视无产阶级的兴趣",并且告诫他们"应当为自己的普通人民大众骄傲"。

既然赛珍珠为"普通人民大众"仗义执言,她似乎应受到中国左翼知识分子的欢迎,事实上中国左翼作家对她的批评最为激烈。茅盾的态度是有代表性的,他显然不会赞同江亢虎式的绅士派立场,他不会怀疑下等人代表中国人民的资格,问题是,《大地》中的人物是否反映了中国农民的真正形象?他在一篇题为《给西方被压迫的大众》的文章里批评了赛珍珠对中国农民形象的歪曲。不仅如此,他还以创作来纠正赛珍珠可能给读者造成的错觉。据他晚年回忆录中的解释,他1936年的短篇小说《水藻行》潜在的对话对象即是《大地》,他的目的是"塑造一个真正的中国农民的形象,他健康,乐观,正直,善良,勇敢,他热爱劳动,蔑视恶势力,他也不受封建伦常的束缚。他是中国大地上的真正主人"。他要告诉外国读者,"中国农民是这样的,而不是像赛珍珠在《大地》中所描写的那个样子"。显然,他赋予主人公财喜的这些品质与《大地》主角王龙身上的狭隘、自私、保守、驯服、缺少同情心恰好形成了鲜明的对照。

在此不必细述茅盾的意识形态背景(他的左派立场与赛珍珠女传教士的保守立场使他们分别发现、选择了不同的形象来代表"中国农民"),也不必追问他如何解释鲁迅笔下的阿Q、闰土、祥林嫂等人物。不管怎么说,不管茅盾和江亢虎之间有多大的距离,他们都认定赛珍珠贬低、丑化了中国人。如果赛珍珠知道许许多多的中国读者也都这么想,她一定会觉得非常之冤枉,因为她自觉对中国充满了善意,她乃是把她的人物当作正面的形象同情地刻画,而美国公众也是把王龙之辈当作正面的形象来接受的。据美国作家海尔德·艾赛克斯所言,美国50年代的出类拔萃之辈对中国的概念都受到赛珍珠笔下正面刻画的中国人形象的影响,这种影响是如此之深,以致"经历了韩战、越战、毛泽东主义这样一些年代,美国人对中国人的良好印象居然一点没变"。

中国人认定为负面的形象,赛珍珠当作正面的形象来刻画,而又唤起了美国人对中国的美好感情,这里面肯定存在着某种误会。我们大约不必怀疑赛珍珠的善意。中国人在好莱坞电影和西方作家的笔下一向是以纯粹意义上的反派形象出现的,懒惰、狡诈、神秘滑稽,不可思议,赛珍珠以她同情的描写部分地改变了这一形象。然而不论出于善意抑或恶意,一样的是对中国的隔膜。因为隔膜,赛珍珠对中国人的理解只能是概念化的,她自然写不出血肉丰满的人物,而只能让人物留着演绎的痕迹,正像前此西方文学艺术中"丑陋的中国人"是一大堆低劣元素的堆积一样,只不过她替换上了一些诸如勤劳、淳朴、祖先崇拜、坚韧、虔诚等善意的或中性的标签罢了。所以究其实,赛珍珠的中国农民乃是西方想象的延伸,这一点部分地解释了《大地》何以能够被西方公众毫无困难地接受。

中国人在自己的语境中面对和接受西方,西方也是在自己的语境中面对和接受东方。欧洲人曾经为西方文明的种种病症苦恼,在太平洋岛屿上发现土著人怡然自得地生活,从而制造出"高贵的野蛮人"的神话,赛珍珠的"勤劳善良的中国人"之受到美国人非同一般的欢迎,也有美国自己的理由。30年代的美国正遭受到前所未有的经济不景气,据说《大地》"坚定了一般人的信念,就是人有力量忍受这个灾难,终将胜利"(王龙一家就经历了特大的旱灾而不得不背井离乡,乃至于乞讨为生,其景况的艰难美国人难以想象,而他们不仅活下去,而且终能发家致富)。故而"节俭、勤劳,与土地的接近,都在美国人心中引起了深刻的回响"。

往好的意义上说,王龙大约也只能被中国人视为落后、消极的形象,在美国人那里却具有了积极的意义,从他呆滞的面孔里美国人居然找到了鼓舞人心的东西——当年对《大地》感到愤懑的中国人,对此不知会做何感想。

西南联大·大观园·鹿桥

80年代初通过各种渠道进入内地的港台书中,有两部在从事现代文学研究的人当中似乎是颇受注意的,一部是夏志清的《中国现代小说史》,一部是司马长风的《中国新文学史》。两本书的立场、观点、方法在当时给人以新鲜感固是一个方面,另一方面则是它们在一定程度上修补了我们习惯的、事实上又残缺得厉害的现代文学图景。一些内地文学史打入另册或被忽略不计的作家自然而然而又非常醒目地出现了。我之知道有一部叫做《未央歌》的小说,最初就是通过司马长风的书。他虽将40年代令人沮丧地比喻为新文学的"凋零期",却称该时期的小说创作中出现过"四大巨峰",其中之一便是鹿桥的《未央歌》(其他三部是巴金的"人间三部曲",即《憩园》《第四病室》《寒夜》;沈从文的《长河》;无名氏的"无名书",即《海艳》《野兽·野兽·野兽》和《金色的蛇夜》),且谓较之其他三书,《未央歌》"尤使人神往"。大致的评价是:"《未央歌》使中国小说的秧苗,重新植入《水浒传》、《红楼梦》和《儒林外史》的土壤,因此,根舒枝展,叶绿花红,读来几乎无一字不悦目,无一句不赏心。"准此而论,《未央歌》对喜欢新文学的人竟是不可不读了。但我对司马长风过于"文学"化的浮光掠影的评介方式和书中表露的见识，委实不怎么佩服，因此也并无一睹为快的欲望。夏志清先生的批评眼光是更令人信服的，而他对鹿桥即未予列论，若真是"巨峰"，夏氏在他专论小说的书中岂能轻易放过？

当然，当时即使有读的愿望也读不到，《未央歌》一直要到90年代才在内地出版。不知是否与此有关，待新文学研究中查缺补漏的一轮"圈地"运动过后，应"出土"的作家作品已发掘得差不多了，《未央歌》仍很少被人论及。降及90年代，现代文学的研究已相形冷落，这书出版后没有多大的声息也是自然的了。我对这部小说产生兴趣，说起来与文学初无关系——近来看了不少有关西南联大的记述，有老人的回忆，也有今人的研究，不由得对联大心向往之，而我知道鹿桥毕业于联大哲学系，他的《未央歌》乃是以联大的生活为底本的，看看他怎样写联大，从小说中具体地感受一下联大的气氛，触摸一下它的精神质地，岂不很有意思？

西南联大的确称得上是中国现代教育史上的一个奇观。在抗战的特殊情势下，中国三所最著名的大学合而为一，一时之间，因缘际会，在一所学校里汇聚了这么多第一流的学者，并且是得天下英才而育之，培养出那么多杰出的人才；环境极其艰苦恶劣，校中却有一种积极乐观、奋发向上的气氛。凡此实在令我们这些后辈晚生称羡不已。自然并非没有异词，钱穆的回忆录中就提及三所学校的教授因争名分待遇而闹得不愉快，钱锺书在《围城》中刻薄"三闾大学"之际，他的讽刺目光恐怕也扫到了联大（三闾大学恰好是"三"的汇聚），不过这并不妨害人们对联大大体上美好的记忆。从联大出来的人有一种自豪感、优越感，一种特殊的使命感，在联大的经历使他们有理由认为自己是幸运儿。鹿桥则更是将联大浪漫化理想化了,他的《未央歌》径可视为西南联大的一首赞美诗。

鹿桥在"前奏曲"中称那段生活是"那么特殊":"一面热心憧憬着本国先哲的思想学术,一面又注射着西方的文化,饱享自由读书的风气,起居弦歌于美丽的昆明及淳厚古朴的昆明人之中。"故而联大在他的笔下无一不美——她的环境,她的人,她的校风。书中不止一次地说到校风,借主人公之一的童孝贤之口,作者把校风比为"一座宫殿,或是纪念碑,或是一条无知的牛"。末一种说法不知当作何解?如果我们再把校风比作一座堡垒,作者想必也会首肯的。这座堡垒保护年轻的学子远离尘嚣,帮助他们抵御外部世界的种种诱惑。抗战期间大后方的腐化堕落,那种沮丧压抑的气氛是我们在许多文学与非文学的书中领略过的,鹿桥笔下的联大却出淤泥而不染,昂扬奋发,宽松祥和。她之能够于不利的大气候下营造出属于自己的小气候,实有赖于纯正的校风,至少作者这么看。

这校风固然少不了书中所引联大校歌"多难殷忧新国运,动心忍性希前哲"那样天降大任式的精英意识的灌输,然更在民主自由、宽松和谐的气氛。这恐怕是联大最令作者心醉神迷的所在了。正是在这样的气氛中,人的美好天性得以自由地发展,而一种美好健全的人格的养成似乎是作者最在意的,与之相比,通常意义上的成为栋梁之材之类倒在其次了。他形容校园的生活"又像论文又像诗篇",二者或者是不可分的,不过我们大致也可以说,"论文"关乎学问的砥砺,通向成才;"诗篇"关乎性情的陶冶,指向人格的培养。鹿桥的钟情"诗篇"显而易见,我们看到他把抒情的笔墨皆用来渲染课外充满情趣的校园生活,紧张的学习、从名师受教之类则略过不提。

有一处也提到学生用功的情形，有意思的是，那是作为负面的现象被描述的。这里写到的是学校迁至昆明的第三年，一切渐上轨道，课程加紧了，于是校中有了一种风气，便是"一律拼命用功，拼死命用功"。这固然是要跟上课业的节奏，一面也是对愈益恶劣的环境的一种应对。这时正是滇缅公路极盛的时期，有些学生守不住清贫，退学做生意跑单帮去了，师生的生活则几成苟延残喘的局面。仿佛是魔高一尺道高一丈，学生们以加倍的勤奋"把所有的精神体力不管死活地掷向书本"来抵抗外部的压力，——攀住书本成了对自我的肯定。然而依作者之见，这样的应对未免让"论文"损害了"诗篇"，窒息人的灵性，导致生活的贫乏偏枯。他将这股拼命读书的风气比为"肃杀的秋风"，当他最钟爱的几个人物起来力挽狂澜，提示用功之外的天地时，他自然不吝许以最高的褒奖了。

其实鹿桥不仅对一味苦读期期以为不可，他对现代大学教育制度本身也有所怀疑，因为窒息灵性的苦读部分地乃是教育制度使然。然则学生入大学走一遭岂非一场误会？进言之，大学存在的理由又是什么呢？好学生史宣文毕业之际对四年的苦读不无后悔之意，想到天性纯洁活泼的新生蔺燕梅（作者无以赞之，只好无限护惜地称她是"一个齐齐整整的女孩儿"）日后将被训练成一个简陋单纯的女学究，就更其困惑。幸而有那位被作者写成仙女般的人物伍宝笙来开释她的疑窦了，伍宝笙道是"好的品貌也要在好的环境里"，她为蔺燕梅设计了另一种使命，便是引导校风，"把校风就建筑在几个人身上，让大家崇敬，爱护，又摹仿。这个人必要是一个非凡的人。他或她，本身就是同学读不完的一本参考书。这书也许有失误的地方，为了大家对这书的厚爱与惋惜，这一点失误更有教育性的参考价值。

所以你无论是走一条什么路都是好的"。史宣文茅塞顿开，马上引申发挥道："年轻人爱美感，我们可以自自然然地造成一种崇拜高洁灵魂的空气。……率真地尽了人性做，总是动人的。"于此看来，大学于求知之外，首先是被当作了人的天性自由舒展的所在，"好的环境"便是好的校风，这是一重保证，美好的天性唯在这样的环境里才得不走样的完满实现，反过来，校风又正着落在那些天性得以自由发展的人物身上。天性的自由发展本身就是目的，单凭好的校风，学校的存在也就获得了意义？非凡的人物是同学的参考书，引申开去，鹿桥大约也希望大学成为社会的参照物了，"宫殿""纪念碑"云云，此之谓欤？

当然从《未央歌》引出这样的话题其实是过于严肃了，在鹿桥，这不过是"诗篇"的余兴节目。他并不是在做教育学论文，他只是给我们看联大呈现在他记忆中最美好的部分，那就是无拘无束、如诗如梦的校园生活。校园生活原本有其特殊性，鹿桥在《未央歌》里则是将这特殊性大大地诗化了，以致闻不见一点人间烟火气。读这书让我不期然地想到《红楼梦》中的大观园。大观园实为太虚幻境的人间版，她的源头实在是神话的。鹿桥为了强调他的"诗篇"，甚至也将联大的来历托之于颇带传奇色彩的传说。据说是多少年前，昆明城里一乡绅与他的风水先生有番闲谈，其时二人正路经一大片菜园，风水先生预言来日当有大变，这菜园子却是地气旺得很，"日后必聚集数千豪杰，定是意外之际会！"而且他据了眼前景（仆人挑着他的一箱书和铺盖卷）推算，"竟是聚集了多少负笈学子也未可知"。乡绅要积德，买下了菜园，且移木植花，引水凿塘，收拾得园林一般，而后便"等候世事风云"了。风水先生的话果然应验，那菜园后来就成了西南联大的校址。

　　这段"楔子"给书中的生活布置下了超凡脱俗的氛围。有人曾将大观园比作伊甸园，守护着少男少女们的纯净，助他们远离成人世界的纷扰、肮脏，我们对鹿桥笔下的联大也可做如是观。以其近乎透明的单纯而论，《未央歌》的主人公们委实不大像成年人，而更像十六岁花季豆蔻年华的中学生。这些人物随身带着纯情的气息，他们的生活中没有一点阴影，偶或出现的烦恼、苦闷毋宁是"为赋新诗强说愁"式的，带有少年人特有的抽象飘忽的性质。大观园的生活悠闲高雅，不带世俗的味道，日子几乎是观鱼赏花、诗酒言欢的连缀，这里也一样，虽是战时状态，生活却不乏闲情逸致，代替那些公子小姐的贵族化娱乐，泡茶馆、联欢会、夏令营、采风、郊外远足等等，有同样轻松同样令人愉悦的性质，小说给人的印象，就是这些活动构成了校园生活。

　　大观园是一方净土，容不得俗物，鹿桥笔下的校园亦如此，有个学生抵挡不住诱惑弃了学业去做生意，很快便被目为变节分子，在精神上也成了校园的放逐者，象牙之塔迅速恢复了她的宁静。不同的是，大观园的存在依据是元妃的旨意，《未央歌》中联大校园气氛则系于众人的护"花"意识。惜花护花可说是这部小说的中心意象，鹿桥屡次写到校园水塘中央半岛上几株临水的玫瑰，她象征着联大校风，当然，也象征着诗、青春、美好。正像林黛玉是绛珠仙草的化身一样，"整整齐齐的女孩儿"蔺燕梅是玫瑰花的对应物，她周围的人几乎无一不是怜香惜玉的护花使者，赞叹的，为她指路的，替她担忧的——几乎她的举手投足，每一微小的变化都在牵引全校关切的视线，难怪她有次睡梦中误被人亲吻成为全书中最为严重的事件了。——纯情如此，至少是今日的大学生，恐怕是要觉得太不可思议了。

如此的纯情成就了《未央歌》的"诗篇"，却使她牺牲了现实主义。曹雪芹笔下的大观园外面有一个成人世界，大观园始终处于它的威胁之下，时时有倾覆的危险，"不叫污淖陷渠沟"只能是天真的幻想，抄检大观园注定要发生，而绣春囊的发现则如同伊甸园出现了那条蛇。《未央歌》则像一座重门深掩的园子，不留一丝缝隙让现实进去，里面甚至也见不到蛇的影子，于是乎主人公们得以专注地过他们审美的生活，游戏般地"尽了人性去做了"。《未央歌》因此显得单薄，在很大程度上，只能视为校园小说了。这实因于作者的视野。《红楼梦》的视野是饱经人生忧患的成年人的，人性的美与丑、诗意与鄙俗尽收眼底；《未央歌》的视野则是多梦的少年人的，呈现在这视野里的联大生活，遂成为一个纯情的梦。

说到作者，我们实在所知不多。从司马长风的书里只知道他本名吴讷孙，在联大哲学系学的是美学，1945年后去了美国，小说只有《未央歌》一部（显然他写小说是票戏性质）。近来倒是在唐德刚一篇不相干的文章中又得到了一点蛛丝马迹，拼凑起来，可知他到美国后进的是耶鲁大学，毕业后经考试到联合国做同声翻译。据唐所言，50年代中期，中国知识分子在美国还不敢做教书的梦，最向往又可能得到的"金饭碗"，就是这职位了，同时应考者有三百余人，唯鹿桥等三数人金榜题名，可见他英文功底之厚。其后他回到了耶鲁画史系任教，似乎主要是从事东方绘画的研究和批评，而他在纽约艺术圈内也颇有名气。

令我感兴趣的是一桩轶事：他在耶鲁读书时结了婚而无新房，

便与妻子起意自己动手,在地价极廉的山地盖一小屋。二人风餐露宿,搬砖运瓦,费时六年,房子果然盖成。其后又租了推土机等机械,自己驾驶,引清流至屋前,挖成一个不小的人工湖,又运来巨石,沿水筑一小型西式音乐台。此外还陆续因势添了些野餐桌、情人椅。待小园规模初具,他便给起了个名字,叫作"延陵乙园"。据说纽约来来往往的艺术家们常到这原始丛林中的园子造访,由此领略到中国绘画后面,还有这样的生活情调做底子,鹿桥也因之声誉鹊起。此事很容易让人联想到《未央歌》,仿佛是他笔下诗意的、审美化的校园生活的延续,也不妨说,他是把大观园之梦搬到美国去做了。

当然,到过纽约的艺术家有限,光顾过他的园子的人多不到哪去。到他笔下的校园里徜徉一番的人倒是不少,据说《未央歌》在台港和海外华人中拥有大量读者,而确切知道的是,70年代这部小说在台湾曾经风行一时,极为畅销。70年代的台湾似乎是校园歌曲大流行的时期,如《走在乡间的小路上》一类歌里流露的对于返朴归真的田园生活的向往,与《未央歌》的情调倒也相通。不知这是否是《未央歌》流行的部分原因。

由此想到,这书在内地是否也有火上一把的可能。也许可能性不大吧,——目下人们所处的环境以及世纪末的心态与鹿桥的"诗篇"实在相去太远了。不过也难说,有时现实中"诗"越是匮乏,人们倒越是需要梦的安慰,而《未央歌》恰好提供了一个纯情的梦,——谁知道呢?

《未央歌》与古典小说的文人传统

鹿桥只写过《未央歌》一部小说，此书的写作对于他或者是一个偶然；在另一意义上，我们不妨说，对于新文学传统而言，鹿桥的出现也是一个偶然。新文学形成的一套话语系统对他似没有产生什么影响，启蒙、救亡、人道主义、个性解放、阶级斗争这些母题固然与他擦肩而过，他写作的兴奋点、理念以及他的文体与多数新文学作家也颇有距离。这距离多少使得《未央歌》成为新文学中的孤立现象，而明眼人自不难发现，《未央歌》的"孤立"，很大程度上乃是因于鹿桥对古典文学传统有更多的依凭。尽管司马长风有"巨峰"之说，我以为《未央歌》还算不得新文学的一流作品，不过它的"孤立"以及与古典小说一望而知的、较为直接的承继关系，还是令人产生兴趣。

这部小说的"楔子"便令人讶异，它是用地道的古白话体写的，一看之下即犯嘀咕，不知作者如何往下写，倒不是怀疑是否能挺得下去，而在于如何用古白话写现代人、现代生活。后发现鹿桥很快就收篷转舵了，进入正文，他的文体已较富"现代"气息，只是人物的对话仍留有明显的古白话小说的痕迹，几个主人公的谈吐，就常露出《红楼梦》中人物的腔调。其实不独文体，整个"楔子"都是模仿古白话小说中常见的带有神话意味的开篇，两个人物风水先生和云老也像是从古典小说中跑出来的。在古典小说中，世外高人或是有慧根者往往借了渔樵闲话的一席谈，先行预言家式地向我们泄露天机，《儒林外史》中的王冕暗示科举之害，《红楼梦》里贾雨村、冷子兴演说荣、宁二府，鹿桥也试着让笔下人物扮演类似的角色。

当然并无多少"天机"可泄露，鹿桥对他的"神话"也没有完整的设计(也许对于一部现代小说来说它原本就是多余的)，不过"楔子"倒是一个信号，先行提示我们作者对古典小说以及背后的传统文化的欣赏。事实也是如此。小说中的四大主角都可说是亦今亦古的人物，"今"是不用说的，这些人物都正在接受新式教育，是在现代知识思想的氛围中成长；所谓"古"，是指他们身上或浓或淡沾染着传统文化的风韵。已有论者点明，余孟勤的自强不息使他颇具儒家"知不可为而为之"的刚猛，童孝贤的率真灵慧、"天然去雕饰"使他有几分道家"道法自然""天人合一"味道，伍宝笙的涵容笼罩、悲天悯人则使她近于佛家的慈悲。照作者的解释，小说中的真正主角实是四个人物合而为一的"我"，他借四人姓的谐音来暗示这一点："书中这个'我'小的时候就是'小童'，长大了就是'大余'。伍宝笙是'吾'，蔺燕梅是'另外'一个我。"正像"钗黛合一"体现了曹雪芹心目中理想的女性美一样，这里的"四合一"代表了鹿桥心目中完满的人格。

从这里演绎出"三教归一""援儒入道"之类未免小题大做，鹿桥本人的表述也有可议之处，比如从小童身上实难看出"长大了就是'大余'"的迹象，他的无拘无束、怡然自在与大余的发奋精进、有张无弛毋宁是抵触的,而作者显然对他更为钟爱。用林语堂形容《京华烟云》女主人公的话,小童可说是个"道家的儿女",再注一笔,是个贾宝玉式的道家,反映的是道家顺应自然、反对人为束缚的一面,他的百无禁忌、口莫遮拦,常发似怪而实有至理的高论,都很有几分贾府里那位"混世魔王"的味道。(顺便说说,《未央歌》里的主人公往往像是从《红楼梦》中人物脱化而来,被同学戏拟为"大家庭里大儿媳妇"、温柔敦厚的伍宝笙颇似宝钗,只是没有后者的城府机心;蔺燕梅的慧质灵心、易于伤感则有似黛玉,只是没有后者的尖刻、爱使小性。)他的生活态度、人格发展最终得到周围人的欣赏,也更得作者的认可,准此而论,我们可以说小说中居于最高位置的乃是道家的智慧。作者几次三番让几位高人解尘、幻莲、履善登场参玄证道做禅语,亦非偶然,这几人其实亦佛亦道,要之他们代表了旷达高远的人生境界。细辨儒释道在此大可不必,确切无疑的是,鹿桥对传统的正面价值居之不疑,在他笔下人物身上,传统文化皆表现出积极的意义。而我们知道,"五四"以后的新文学作品中,传统文化总是以消极、落伍的面目出现的,至少是受到质疑的,像解尘一流人物,在新文学作品中早已绝踪,更不用说让他们来揭橥人生真谛了。

《未央歌》与古典小说的关系,司马长风已有言在先:"从某种意味说,《未央歌》使中国小说的秧苗重新植入《水浒传》《红楼梦》和《儒林外史》的土壤。"然此话笼统含混,似是而非。我们可以在鹿桥的小说里明显看到《红楼梦》《儒林外史》的影响,《水浒传》一流小说的痕迹,则未之见也。而在古白话小说中,《红楼梦》《儒林外史》所代表者与《水浒传》所代表者,趣味各别,应是两种路向。

要而言之，《水浒传》带有史诗的性质，其趣味更倾于民间，它原本也就是民间创作演化而来，其想象带有民间原始、粗朴的色彩，其中反映的意识形态也是民间的；《红楼梦》《儒林外史》则是文人的，其观念构架及想象要复杂得多，文体富有书卷气，也更个人化，《水浒传》《三国演义》等带有的话本小说的色彩已然淡去，作为文人样式的诗、文的韵味则渗透融汇到小说之中了。《水浒传》《三国演义》中亦可见到大量的诗词韵文，但那是装饰性的，限于炫技式的"有诗为证"，进入到《儒林外史》《红楼梦》之中的则是诗、文的意境、格调，因此，《儒林外史》《红楼梦》具有此前白话说部中见不到的文人创作的个人化的经验和抒情性因素，可以说，在某种意义上，吴敬梓、曹雪芹是将白话小说文人化了，也可以说，由他们的创作，白话小说之中又形成了文人传统，有了雅俗之别。用席勒的术语，不妨把《水浒传》《三国演义》与《红楼梦》《儒林外史》的倾向比作"朴素的"与"感伤的"，其间的差异不可不辨。

《未央歌》接的是《红楼梦》《儒林外史》的香火，这是显而易见的，那些词汇、人物形象等局部露出的蛛丝马迹尚在其次，关键是其意境、格调上的一脉相承。尤可注意的是鹿桥对个人经验与抒情性的强调，他之写作是"为了一向珍视那真的、曾经有过的生活，我很想把每一片段在我心上所创作的全留下来……这精神甚至已跳出了故事、体例之外而泛滥于用字、选词和造句之中"。他对抒情性的追求，对诗的意境的刻意营造固然也可得自别处，然若从与古典小说的关系而言，则显系受到《红楼梦》一类的暗示。说鹿桥将小说重新植入传统小说的土壤并无大错，但确切地说，他与古典小说的关系乃落实在他与文人传统的关系之上。这也正是《未央歌》所以"孤立"的所在：如果笼统地说回到民族的传统，那么放在40年代文学的"回归"背景上，鹿桥即"泯然众人矣"。

　　文学革命以后，西方文学的引进使得中国文学的发展转入了新的途径，托尔斯泰、巴尔扎克、契诃夫等西方小说巨匠取代施耐庵、吴敬梓、曹雪芹成为新文学作家心目中的新偶像，旧小说已在"封建文学""非人文学"等名义下被判为落伍，或许仍可充当学术研究的对象，在创作上则是不足师法。传统其实是斩不断的，但至少是在自觉的层面上，新文学作家都已把目光转向西方，本土文学传统大略只是在不自觉的状态下发生次要的影响。在此意义上，可说传统在新文学中是中断了，只是在鸳鸯蝴蝶派文学中我们看到旧文学传统在现代社会商业背景下的延续。然而这情形在抗战爆发后已大为改观，与高涨的民族情绪相伴随，文学传统因抗战的特殊需要而重新受到关注，40年代，对于"中国气派""中国作风"的强调更在文学界形成一种强大的声音，对文学传统由重批判转而为重继承。只是这里的回归是一种片面的回归，因为唤醒民众、激励士气的目标，创造老百姓喜闻乐见的形式成为第一义，"中国气派""中国作风"基本上等同于民间形式的利用了，而原先在古代文学中居于正统地位的文人传统则依然被拒绝。"五四"时期，旧文学，不论是高雅的通俗的，文人的民间的，内容上还是形式上，都在打倒之列；40年代，民间传统被赋予了某种正面的价值，文人传统则依然是可疑的，除了不合时宜之外，或者是因其从内容到形式均不具"人民性"吧？以小说而论，章回体被不少作家捡起，从谷范斯的《新水浒传》到马烽、西戎的《吕梁英雄传》，皆重新踏上《水浒传》的英雄传奇路线，民间讲唱艺术在赵树理的手里别开生面。40年代植入旧小说土壤的作品实在不少，只不过《红楼梦》代表的文人传统被有意地遗忘了。鹿桥主要利用传统小说的资源而又自外于文坛上走向民间的一般趋势，因此就显得很特别。

当然将《红楼梦》等文人作品奉为范本的非止鹿桥一人，至少我们还应提到张爱玲。不过张爱玲于中西雅俗之间有更为复杂的关系，她的世纪末情结，她的弗洛伊德式的人性视角均溢出传统之外，她的风格、美学观也更为现代，不像鹿桥，从形式到观念都更多地依凭传统。比较起来，鹿桥是直承式的，更为"纯粹"。就这种对于文人传统的直承式关系与"纯粹"性而言，在新文学史上，鹿桥的《未央歌》似乎是只此一家，别无分店了。

初期白话文

李敖有一篇文章谈"五四"时期的白话文,对朱自清、谢冰心等人的散文大加鄙薄,斥为幼稚做作,另有一篇文章则更有惊人之论,说是"五四"以来的白话文,他李敖是第一,鲁迅也在其后。文章是多年以前看的,当下即觉李敖真是狂生故态,语不惊人死不休。不用说鲁迅,朱自清、冰心的散文像《荷塘月色》《往事》等,一直是白话文的名篇,家喻户晓,何言"幼稚"?后来新文学作品读得多了,再以批评的眼光看初期的白话文,包括朱、谢等名家那一时期的作品,就觉确实见出幼稚生硬的一面。前年碰到一台湾人,也算是舞文弄墨的,说起白话文,他称当然是李敖比鲁迅写得好,又道,今人是站在前人的肩上,自然要比前人写得高明。我不敢苟同,以为不论从哪方面讲,鲁迅都非李敖可比,并且也觉他今必胜昔的"进化论"机械得可笑。如果他不做具体的比较,从整体上说今天的人运用白话比"五四"那辈人要纯熟自如得多,那倒是可以同意的。

这也无怪其然。我们从小受的语文训练就是白话文的,白话文是我们需要掌握的唯一的文体,它已经有它的传统,被赋予了"形式",是一种现成的东西了。对于"五四"那辈人,白话文则是陌生的、无章可循的新玩意儿。虽说胡适提出过"怎么想就怎么说,怎么说就怎么写"的口号,近于"我手写我口",似乎简便易行,然而白话文毕竟是一种书面语体,与口头表达不是一回事,需要它自己的"形式"的,因为新文学倡导者期待的白话文并非古白话的延续,而要能够完满地表达现代人的思想感情。对于后来的人,要说作白话文比文言文还难,那简直不可思议,然而对"五四"那辈人,这却正是实情。那辈人是背子曰诗云长大的,文章的楷模非秦汉即唐宋,眼前摆着的描红本是"桐城派"的家数,让他们作古文,那是训练有素,写白话文却真与小学生开笔学写文章的情形差不多了。所以一再有人提到白话文之难。周作人曾言,若是教人学古文,他可担保一段时间内让学习者成篇;若是白话文,那就难说,教起来也不知从何处下手。陈西滢纠正时人的错觉时也说道:"人们总说白话文好做,古文难做,我总觉白话文比古文难了好几倍。古文已经是垂死的老马了。你骑它实在用不着鞭策,骑了它也可以慢慢地走一两里。白话文是沙漠里的野马,它的力量是极大的,只要你知道怎样地驾驭它。可是现在有谁能真的驾驭它呢?"——当时对这"野马"驾驭自如的,真还找不出几人。一些名家所做尚且如小脚放大,多数人更不用说了。

  无所依傍,一切都是试探性的。俞平伯回忆初学写新诗、白话文的情形,说写第一篇白话文时,标点符号还不知如何用,最后是请了朋友帮忙才得完篇。这就难怪初期的白话文读来有时就像学生的作文,甚至有些公认的名篇也是如此。议论、叙事、写景、记人,每一样古文里有现成表达方式的现在都要一一重新学着写。议论似乎好些,像写景之类,尤显得幼稚。这是我们熟知的《荷塘月色》

里的一段:

>月光如流水一般,静静地泻在这一片叶子和花上。薄薄的轻雾浮起在荷塘里。叶子和花仿佛在牛乳里洗过一样;又像笼着轻纱的梦。虽然是满月,天上却有一层淡淡的云,所以不能朗照;但我以为这恰是到了好处——酣眠固不可少,小睡也别有风味的。月光是隔了树照过来的,高处丛生的灌木,落下参差的斑驳的黑影,峭楞楞如鬼一般;弯弯的杨柳的稀疏的倩影,却又像是画在荷叶上。塘中的月色并不均匀;但光与影有着和谐的旋律,如梵婀玲上奏着的名曲。
>
>荷塘的四面,远远近近,高高低低都是树,而杨柳最多。这些树将一片荷塘重重围住;只在小路一旁,漏着几段空隙,像是特为月光留下的。树色一例是阴阴的,乍看像一团烟雾;但杨柳的丰姿,便在烟雾里也辨得出。树梢上隐隐约约的是一带远山,只是些大意罢了。树缝里也漏着一两点路灯光,没精打采的,是瞌睡人的眼。这时候最热闹的,要数树上的蝉声和荷塘里的蛙声;但热闹是它们的,我什么也没有。

"热闹是它们的,我什么也没有"——朱自清原是要写出一种有几分落寞、无可奈何的心境的,但他吃力地写景把其他都遮没了。挑剔点说,这很像是教师布置给中学生做来的一段景物描写练习,刻板、拘谨,而且仿佛是一句一句挤出来的,好不容易才凑成了篇。白话文原是一种解放,乃是要破除文言文言之无物、矫揉造作等种种弊端,也应在这方面显示出对文言文的优势,然而初期的白话文作者首先要做成文章，正如牙牙学语的小儿，起先只求发出声来，准确地表达意思还得慢慢来，所以看上去常常倒又有为文造情的味道了。这样的例子很多，朱自清、俞平伯传诵一时的名篇《桨声灯影里的秦淮河》，"做"的痕迹就很重。事实上，翻一翻"五四"时期的文学刊物，我们发现的大多是战战兢兢的写景，词不达意的抒情，磕磕绊绊的叙事，而且往往写景是写景、抒情是抒情，像是分门别类的课卷。

那语句也常是生硬别扭的，有时比文言文还来得佶屈聱牙。因为古文虽难懂，毕竟合于我们的语言习惯。新兴的白话文如刘半农、傅斯年等人建议的那样，大量采用了西方人的句法和词法，却又提炼不够，融化不开，像是对西语的硬译。许多西语的句式经长期的磨合，已成现代汉语的一部分，我们已经习惯了，而曾经被"拿来"，后又被淘汰了的句式、词法保存在了初期的白话文里。"若耶溪上的水声，秦望山头的云影，总不免常常在十多年来漂泊他乡的我底梦中潺潺地溅着，冉冉地浮着"这样累赘的句子哪个作家笔下都少不了，而且要算是好的。我还记得看到新文学宿将笔下一些生硬幼稚的句子时如何会心而笑。像"什么什么的我"这样的句子，代词前面放一个定语从句，读来真是别扭可笑，而在初期白话文作者的笔下俯拾即是。刘大白为徐蔚南、王世颖《龙山梦痕》写的序里有"十多年来厌恶、诅咒而且骇怕龙山的我"；顾颉刚《古史辨》里也有"提抱中的我"云云。在今日若听到、读到这样的句子，我总怀疑只能是出自文学青年甚或多情的追星族的笔下或口中，其中的矫情、做作亦令人莞尔，不想过去的高人亦有这样幼稚的口吻。甚至当时已是前辈的梁启超也会写出"平日意态活泼与兴会淋漓的我，这会也嗒然气尽了"这样的句子。他们几位若是用文言文,再不会显得这般憨态可掬。

然而我们实在无资格去讪笑前人。朱自清们的硬做,他们的吃力正是那一辈人与轻车熟路的文言文搏斗、挣扎留下的痕迹。而梁启超的自甘"幼稚",追随年轻人去尝试"吃螃蟹",正是我们应该佩服的哩。

传记文学的两途

现代作家中倾全力于传记文学写作与研究的，恐怕当数朱东润，据说他曾很自负地表示，真正伟大的传记，一是英人鲍斯威尔的《约翰生传》，再就是他的《张居正大传》了。不过他是学院派的人物，在社会上的影响不如文学家和社会名流，作为传记文学的倡导者，他的名声就远不及郁达夫和胡适。

郁达夫和胡适可说是代表了现代传记文学的两种倾向，大而话之地说，便是前者强调文学的因素，后者则更注重史的成分。中国现代传记的起点是对以往"旧式行传"的反动。郁达夫称古代的传记"总是千篇一律，人人死后，一律是智仁皆备的完人，从没有见过一篇活生生把人的弱点、短处都刻画出来的传神文学"；胡适谓古人"最缺乏说老实话的习惯"，"故几千年来的传记文章，不失于谀颂，便失于诋诬，同为忌讳，同是不能纪实传信"。——传记应并写两面，写出传主真实的"全人"，在这一点上他们并无二致。但在此总的精神之下，两人却是各趋一途。

郁达夫服膺法朗士的名言："世界上最佳的文学都是自传"，"文学是作家的自叙传"是他最为人熟知的一句口号，传记的材料在他即是文学的材料,是创作取之不竭的源泉。他把自传当作小说来写,反过来我们也可以说,小说在他也就是自传。所以他的自传体散文(包括《日记九种》)与带有自传色彩的小说,其间实难划出明确的分界,又因他所谓的"传神文学"重在传达出主人公的精神状态、情感世界,外在的形迹对他并不重要(试看《日记九种》这样应是纯纪实的作品里,他让我们关注的也是他情绪的涨落起伏,而非具体的事实),这界线就更显模糊。用歌德"诗"与"真"的划分,则郁达夫在传记中追求的是"诗",如果说其中并不缺乏"真",那么这里的"真"也不是文献意义上的真实。郁达夫并非独沽一味,30年代所写的《达夫自传》相比之下就平实得多,更合于传记的要求,但对现代作家的写作产生巨大影响的,还是他在《沉沦》《日记九种》等作品中表现出来的倾向,在他早期"自叙传"笼罩之下的自传体小说我们可以举出一大堆。这与"五四"个性解放的精神正相合拍:郁达夫式的传记文学是地道的个性解放的产物,自传的冲动在这里实际上也即是一种自我表达、自我张扬的要求。重要的是淋漓尽致地写出真情实感,刻画出鲜明的个性,至于胡适所谓"纪实传信",倒在其次。

胡适要求的"纪实传信"首在事实之真,也即文献意义上的真实。他之倡导传记文学及他对传记的要求,与个人主义思潮并无紧密联系,更多地是从他常挂在嘴边的"史学训练"中来。他的史学训练是"现代"的,充满他提倡的"科学的态度",也即以客观公正的立场,毫不忌讳地处理有关传记人物的一切事实。这态度在乾嘉考据之学中已经蕴含着了,现在要把考证的精神用到历史人物的研究上。胡适特别强调"用绣花针的细密功夫来搜求考证"历史人物的"事实","用大刀阔斧的远大见识来评判他们的历史地位"。——传神写照系于事实的搜求考证,个性气质的展现描绘并非首要,这与郁达夫之间颇有距离。

郁达夫关注的是个人,胡适关注的则是历史。既然关注历史,他所属意的传主都应是有"历史地位"的人,他倡导传记文学最初的实际的努力便是劝他的朋友林长民、梁启超、梁士诒、蔡元培、高梦旦、张元济、陈独秀等人写自传,因为这些人一生行事与数十年来中国的政治学术的变动有绝大关系,有详尽的自传,必可保存许多史料。此外胡适又很看重传记的教化作用,希望传记人物有高尚的人格,足为后人师法,50年代他写《丁文江的传记》,就是要提供这样的典范。

事实上他的《四十自述》也未尝没有这层意思。这部书是他劝告朋友无效后自己起而"躬行"了,他显然已经把自己看成有"历史地位"的人(书中特意将《逼上梁山》作为附录似更能证明这地位),同时他也向读者提供了一个成功者的形象。读《四十自述》,我不期然地想到富兰克林的自传:富兰克林的书或可称作"一个普通人的成功之路",在某种意义上,《四十自述》也可做如是观。它告诉我们传主如何受教育,如何经历于他不利的处境,克服自身的弱点,最后成了一个于社会有用的人。胡适兑现了自己的主张,在书中对自己早年的荒唐经历诸如酗酒、逛窑子之类并不隐讳(正像富兰克林不回避他的弱点一样),不过这并不妨害传主成功者的形象,相反,倒可以说是为"人皆可以为舜尧"的古训预备了一个例证。写此书时胡适早已是大学教授、社会名流,并且被目为"青年导师",读者熟知的这些情形当然更使"成功者"的形象具有说服力。

同样是写自身的弱点，胡适笔下的"沉沦"是过去时，郁达夫笔下的"沉沦"则是现在进行时。即使在《达夫自传》中，主人公仍然是个"零余者"的形象，在时代的重压下痛苦呻吟，复陷溺于自身的弱点，难以自拔。换句话说，这是一个失败者。以胡适的标准，这等人有无资格成为传记主人公，颇值得怀疑。

胡适的传记文学标准基本上是史学家的，他本人气质上也更近于学者，正像郁达夫骨子里是诗人。作为新文学的倡导者，胡适在文学上有过多方面的尝试，可他在"创作"上的努力大多不成功：《尝试集》是第一部白话诗集，然里面没有多少诗味；《终身大事》是新文学最早的戏剧之一，却实在乏善可陈。他自认创作非他性之所近，勉力为之，乃是为了开风气。相比之下，我觉得他的作品中倒是并非"创作"的《四十自述》最具文学的味道。记得周作人论中国现代散文，曾说胡适、冰心的文章里有一种"简单味"，与俞平伯、废名的"涩味"正相对照。我理解所谓"简单味"即是一种明白畅晓、亲切平易的风格。此种风格固可见于胡适的议论文，但《四十自述》这部自叙自然将此种风格中一些在议论文里不易呈现的方面展露出来了。此书文字简洁明了，叙述生动，且一开始还杂入了小说笔法，加上胡适特有的坦率恳挚的态度，真是一部上好的散文作品，所以周作人曾有意将其收入新文学大系散文卷，只是因为年代的限制才作罢。

如此称道这部自传的文学性，似与前面的说法有些矛盾，其实并不。因为这里的文学性基本上乃是文字风格这一意义上的，内容上则他牢守"真"而不及于"诗"。起笔时想象力的运用也因受到他的"史学训练"的牵拘，很快便放弃了：照他原先的设想，这部自传是要以小说体来写的,即"从这四十年中挑出十来个比较有趣味的题目,用每个题目来写一篇小说式的文字……因为这个方法是自传文学的一条新路子,并且可以让我(遇必要时)用假的人名和地名描写一些太亲切的情绪方面的生活"。胡适曾为文介绍过西方现代短篇小说,"写生活横截面"的说法即出于他的文章,作为实验主义的信徒,他似乎总是有理论有"实验"的,不过在他的自传设想中倒并无实践短篇小说理论的意思,只是为他处理材料提供某种便利罢了。自传的第一篇"我的母亲的订婚"照计行事,"太子会"的场面,乡间的习俗,写来很有风情画的味道,而对人物的描写穿插着对话和心理活动,的确是小说笔法。此文一发表即在朋友中得到热烈赞许,诗人徐志摩叫好自不待言,丁文江在给他的信中也称:"这一篇在你的《文存》里应该考第一!""但我究竟是一个受史学训练深于文学训练的人,写完了第一篇,写到了自己的幼年生活,就不知不觉放弃了小说的体裁,回到谨严的历史叙述的老路上去了。"他的熟人中曾有人读了小说体的第一篇后指出其中描写的失实之处,他之"回到谨严的历史叙述"也许使自传后面的部分免于犯类似的"错误",然而那些于"史"无证的"太亲切的情绪方面的生活"自然也因此略过不提了,而对传主内心的审视和分析恰是现代传记所以为现代的一个方面。

不过大体说来,《四十自述》后面的部分因写亲历之事,包含了不少细节,仍然相当生动。几十年后胡适为好友丁文江作传,他的过于严谨的"史学训练"带来的弊端则暴露无遗。在那本书里,他花了大力气搜罗材料,又整个被这些材料摆布,腾不出手来对传主的性格和精神世界做深入的分析和细致的描述。他的"考据癖"频频发作——他昔曾有名言，发现一条考证材料，其意义不下于发现一颗行星，又要求传记文学作者"用细密的绣花针般的考证功夫"搜求事实，在这本他传里他是把这功夫使出来了。一本十来万字的小书里，我们常可见到大段的考证文字：丁文江究竟何年就学院试，是否考中秀才，他某次地质考察的具体行程，等等。他过于仰仗他的材料，甚至可以说，他的叙述大体上就是文献材料的排比连缀，写到传主临终时的情形，他差不多是在做起居注了。结果这本传记提供了不少有价值的史料，而若论"文学"，那是没有。

郁达夫的自传体小说有"文学"而无"历史"，胡适的传记则是有"历史"而无"文学"，二人都受到各自对传记的理解的限制。郁达夫特别推崇卢梭的《忏悔录》，他对传记文学的设想亦是浪漫主义味道十足；胡适则从《四十自述》到《丁文江的传记》，其传记文学的概念越来越保守了。二人对斯特雷奇、莫洛亚、路德维格代表的现代传记文学的潮流并非一无所知，然而性之所近，他们还是各走一极端，文学与历史在他们的笔下终未打成一片。

要求中道而行的人是有的，梁遇春对现代传记的特点显然有更准确的理解。郁达夫将西方不同时代的传记家（从普鲁塔克到莫洛亚）一起向中国读者推荐，梁遇春则在《传记文学》一文中特别介绍斯特雷奇、莫洛亚和路德维格："他们不约而同地在最近数年里，努力创造了一种新传记文学。他们三位都是用小说的写法来做传记，先把关于主要人物的一切事实，放在脑子里熔化一番，然后用小说家的态度，将这人物渲染得如同小说里的英雄一样，复活在读者的面前。但是他们没有扯过一个谎，说过一句没有根据的话。他们又利用戏剧的艺术，将主人翁的一生事实，编成像一本戏，悲欢离合，波起云涌，写得可歌可泣，全脱了从前起居注式传记的枯燥同无聊。但他们既不是盲目的英雄崇拜者，也不是专以诽谤伟人的人格为乐的人们，他们始终持一种客观的态度，想从一个人的生活细节里，看出那人的真人格，然后用这人格做中心，加上自己想象的能力，成就这种兼有小说与戏剧长处的传记。胆大心细四字，可做他们最恰当的批评。"

这可能是现代作家中对于现代传记特点与方法最完整的表述了。可惜梁遇春人微言轻，同时当然这上面也实在是"知易行难"，这样的传记在中国没有发展起来，而且我们多的是自传，或是胡适式的，或是郁达夫式（传记与文学，或反过来说，文学与传记未能联姻而成为真正的传记文学），少有他传，更没有出现主要以传记写作名世的作家。朱东润的《张居正大传》包含着某种走向现代传记的努力，可惜仍伤于学院气太重。我们也许有理由推断集诗人与学者于一身的闻一多如能完成他的《杜甫传》，那将会是一部更接近梁遇春介绍的那种类型的传记。遗憾的是，闻一多只给我们留下了一个有声有色的开篇。

序跋之类

常听人议论某人的序跋做得漂亮,又有谁谁写其他东西可以,序跋是不行,有时也就跟着附和。这好与不好依据的是什么标准,却未尝追究。词典上给序下的定义,是"介绍评述一部著作或一篇文章的文字",跋也类似,不过通常是序在前跋在后而已。据此而论,好与不好就当视其介绍是否清楚周详,评述是否中肯确当而定。许多有名的序都合于这标准,像《新文学大系》各卷的导言,鲁迅为萧红《生死场》、白莽《孩儿塔》等书写的序,都是名篇。近来翻看《朱自清序跋书评集》,其中序跋大多也都中规中矩。有时序跋与书评文评差不多也就是一回事,一篇好的序往往也就是一篇上佳的书文评。清人姚鼐《古文辞类纂》分文章为十三类,于序跋类中收入的一些篇什,如王安石《读孟尝君传》《读刺客列传》,柳宗元《论语辨二首》,也就是评论。朱自清的序跋与书评放在一处,其间也见不出太大的差别。

但也不尽然,有时候作序的人对所序的书与人并未道得几句,甚而通篇"王顾左右而言他",却仍不妨是一篇好序。周作人《〈燕知草〉跋》里解释他不做序而写跋的理由道:"做序是批评的工作,他须得切要地抓住了这书和人的特点,在不过分的夸扬里明显地表现出来,这才算是成功,跋则只是整个读过之后随感地写出一点印象,所以较为容易了。"然不论"批评"抑或"印象",都是对书对作者"切题"的议论,他后来给《杂拌儿》之二作序,也承认,二者其实也差不多。只是他声称"又有了一种了悟","以为文章切题为妙,而能不切题则更妙"。周氏后来果然也就于序跋的规例"明知故犯",大做"不切题"的文章,或避实就虚,或借题发挥,远兜远转,离题万里。然而他之为序跋的高手,是谁都承认的。

现在想来,我们通常赞谁谁序跋写得好,其实很大程度上是说他文章做得漂亮。好的序跋中当然都包含着评介的成分,虽然有的直赴主题,清楚明白;有的含而不露,不着痕迹,即如周作人"不切题"的序跋,其评介也"尽在不言中",往往是"不着一字"而"尽得风流"。但精当的评介却未必就是好的序跋,否则批评家似乎就也应当是做序跋最适宜的人选了。茅盾、胡风,都是一流的评家,他们的许多序,作为评论,重要性自不待言,然作为序跋,并不为人推许。巴金是小说大家,他为自己的小说做的序,对其作意题旨甚或来历一一剖明,为读者论者的理解所不可少,然以文章的标准,却未可称善。一般说来,受到普遍赞赏的序跋高手,也正是出类拔萃的散文家,新文学家中周氏兄弟的散文最为夺目,而他们的序跋也最为人称道,这一事实或可见出,衡量序跋之优劣,人们有意无意间使用的,正是文章的尺度,或者说,散文的标准。周作人、郁达夫编的《新文学大系·散文卷》一集、二集中都收入了不少序,可见今人也还是将序跋视为文章一体。

既为文章一体,既是散文的标准,序跋也就有不同于正经论文的路数。当然也有长篇大论的序,比如《新文学大系》各集的序言,就近于地道的论文,但作为文章一体的序跋,则似乎主要不是指这一类。比之于正经的论文,序跋更随意、更灵活,用周作人的术语,则论文必须是"切题"的,序跋则可以"不切题";论文是超个人的立场,即或"笔锋常带感情",也还有其限制,序跋则不妨率性而谈,允许个人情绪的流露和个性更多的呈现。要之它更富感性的色彩,是一种比较个人化的文体。其实序跋之类多是为自己或为朋友熟人的书而做,原本就有私人性的一面。关于书的背景、题旨的夫子自道,个人心迹的袒露,与书相关的回忆,由书而入于对著者的描画、品评,由书而生的感想,乃至于个人的交往,均可入题中,在对其书其人做理智的评断之外,也向读者提供一份感性的了解。情理俱到,当然还要加上上乘的文字,这恐怕是好的序跋引人入胜之处。如此说来,序跋虽是扣着书做的文章,一方面也就是性灵的文字了。事实上有许多好序跋,确乎也就是隽永耐读的小品文,比如周作人这篇《雨天的书》的自序:

> 今年的冬天特别的多雨,因为是冬天了,究竟不好意思倾盆的下,只是蛛丝似的一缕缕的洒下来。雨虽然细得望去都看不见,天色却非常阴沉,使人十分气闷。在这样的时候,常引起一种空想,觉得如在乡村小屋里,靠玻璃窗,烘着白炭火钵,喝清茶,同友人谈闲话,那是颇愉快的事。不过这些空想当然没有实现的希望,再看天色,也就愈觉得阴沉。想要做点正经的工作,心思散漫,好像是出了气的烧酒,一点味道都没有,只好随便写一两行,并无别的意思,聊以对付这雨天的气闷光阴罢了。

冬雨是不常有的，日后不晴也将便成雪霰了。但是在晴雪明朗的时候，人们的心里也会有雨天，而且阴沉的期间或者更长久些，因此我这雨天的随笔也就常有续写的机会了。

这里写的是作者的心境，也正是给书名做的题解，雍容、闲适，又有几分淡淡的苦涩，书的情调于此不绝如缕地传递出来，作者的面影亦隐隐浮现，虽然于书的内容不着一字，然对于这书，我们仿佛已有所知。这序与书之间的熨帖是不用说了，其实撇开书不论，读这样的序本身也就可得到一种满足。提倡"美文"的周作人显然是把序当"美文"做的，读者何尝不是当作美文来读？好的序跋自然并非都是这一路的，不过有一点是一样的：它们总是于书尽了引介的职责之外，又可独立地供人们欣赏。近年的例子，我可举出的是老作家孙犁的许多序跋（包括题跋）。

从"新格拉布街"想到"亭子间"

现今伦敦的弥尔顿街,原名格拉布街。原先这条街上的住户,多属豪门望族和社会名流;后来,随着一时风尚,富人陆续迁往西区,他们原来的住宅就逐渐改为分间出租的宿舍了。18世纪初叶,由于那些宿舍靠近出版业集中地区,于是一般穷苦的小作家就开始聚居这条街上。他们有的写历史书籍,有的编各类词典,有的写应时诗文,在报刊上发表。年代久了,这些生活拮据、全仗稿费度日的小作家就被唤作"格拉布街的居民",而一般粗制滥造的文稿则被称为"格拉布街的作品"……在英语中,"格拉布街"已成为这类作家的同义语了。

这段话是从叶冬心先生所译《新格拉布街》的后记里抄来的。后记没交代吉辛写这书时(19世纪末)格拉布街是何情形,而小说中的主人公似乎大多也并非居住在格拉布街。不过,既然"格拉布街"在英文中已成为"穷作家"的同义词,吉辛用"新格拉布街"做书名,当然是一种比拟的说法,或者说,是在"用典",所谓"新"者,大约是指19世纪末伦敦穷文人生活的新的(不同于18世纪初)景观吧?

这真是一幅阴冷、黯淡，甚至是残酷的画面。没有复杂的情节，也没有什么戏剧性的事件，从头至尾，我们一直在目睹贫寒文人的苦苦挣扎，他们似乎随时都有被穷愁潦倒的生活吞没的危险，而最终，作者寄予了无限同情的几个人物还是不可避免地沉没了。书中的尤尔先生笔耕半辈子，功不成，名不就，收入仅足以维持最起码的生活，过度的写作加上恶劣的心绪令他双目失明，以后一家人只能靠女儿玛丽安得到的一点遗产度日，眼看着就要山穷水尽。尤尔的文友辛克斯同样地不幸，他与妻子全靠旁人的接济，才能暂时免于进贫民习艺所。年轻一辈的雷尔登曾因一部小说而小有名气，似已浮出水面，他自己一度也有这样的错觉，但是他的写作收入仍不足以维持妻子要求的起码的体面人的生活，作为古典文学热烈的爱好者，他的品位不允许他放弃自己的写作标准，勉强去迎合市场需求也只能归于失败；他的才思在生活的重压下枯竭，妻子离他而去，他则在贫病中夭亡——其实不待患病，他也已经在精神崩溃的边缘了。

可在好友毕芬的眼中，雷尔登甚至是值得羡慕的：他居然娶过一位体面的女士为妻！对于毕芬，这简直是一则童话。可怜的毕芬朗吟着荷马诗篇可以忘怀一切，只是再好的诗篇也当不得面包，书中毕芬就着一点从别人那里淘来的烤肉油心满意足吃着面包的细节，读了真让人心酸落泪——这在他就是美味佳肴了。除了几个无力援手的穷朋友，偌大的伦敦没有谁理会他的存在，他在周遭的冷漠和遗忘中惨淡经营他那部注定不会获得世人喝彩的小说，小说出版了，他的死期也不远了。他是服毒自杀，因为看不到还有什么希望：他一度羡慕的雷尔登，其命运也不过如此。如果不是选择这条路，他也总有一天要饿死的。

在我所读过的书中，没有哪一部比吉辛的这本小说更能道尽贫穷对文人的威胁，更能写出贫寒文人生活的卑微、凄凉，尤其是它的无望。毕芬的存身之地——破败的顶楼——似乎将这种生活外化了、定格了。吉辛向我们详尽描述这极小的屋子：漏风的门窗，极低的沾有油污、布满蛛网的天花板，地板上的裂缝，粗糙简陋的家具，破旧的被褥，以及随便摊着的几百本破烂的书。他几次三番满含酸楚地提到"顶楼"，这大约是穷文人们典型的住所了。

由此我想到上海的亭子间，想到中国30年代的穷作家们。所谓亭子间是房屋后部楼梯转角处的小房间，原是供仆佣居住或堆放杂物之用，正像伦敦顶楼一般，是房子的边角料，其低矮逼仄可想而知，照当年的住客黄宗江的说法，"夏天一屋子蒸热，冬天一屋子冰凉"。但因房租低廉，亭子间仍获得文人的青睐。说青睐，似有欣赏的意思，我们也确在一些文章、影片里见到过对亭子间生活有趣的描述，但那里面如果有乐，也是苦中作乐罢了。若道这冬冷夏热、腾挪不开的所在尚有可取，则在于它总算为那些闯到十里洋场阮囊羞涩的穷作家提供了存身之地。30年代的上海似乎是想吃写作这碗饭的人大都要来历练一番的地方，而很多初出茅庐者皆有亭子间的经历，是故提到亭子间，很容易让人联想到贫寒的文人，以至于"亭子间作家"成了穷作家的代名词，其情形与"格拉布街"倒是正相仿佛。

中国现代作家中喊穷喊得最凶的，恐怕当数郁达夫，所谓"金钱的苦闷"与"性的苦闷"一道，曾是他作品中哭诉，也赚得了无数文学青年同情的两个题目。他在一篇自怨自艾的文章里恰好就提到过《新格拉布街》的作者。吉辛是以自己的经历为底本写就《新格拉布街》，不知郁达夫是否看过该书（他一再向读者推介的是吉辛那部有名的散文集《四季随笔》),不过吉辛不幸的身世他自然是知道的,也正是一种"同是天涯沦落人"的情绪,使得他对吉辛更为倾倒。这篇文章里便说他在上海卖文为生时,如何穷愁潦倒,一如英国薄命文人吉辛的遭遇。若道对吉辛笔下贫寒文人生活的共鸣也是促成郁达夫哭穷主题的一个因素,未免夸大其词,不谈时代氛围、现实生活的刺激,单说渊源,中国古典文学中落魄文人道苦叹贫之作就多的是,郁达夫以其自况的黄仲则,集子里"全家都在秋风里,九月衣裳未剪裁"一类的诗句就委实不少,郁达夫的啼饥号寒当中,确也有古来名士派文人自怜自恋的味道(吉辛作品中自伤的成分要少得多)。然以"五四"以后新文学家对西方文坛的敬重,吉辛可能多少会令郁达夫更自信诉穷的"文学价值"。

郁达夫其实并未穷到他自家形容的那种地步。看他的《日记九种》,隔三岔五记着下馆子、泡澡堂,可见收入并不差,只是不能满足他的有些名士风的生活方式,同时诉穷给了他宣泄苦闷情绪的由头罢了。所以与他较接近的人,比如叶灵凤,见他在文中哭穷,竟至于要暗自发笑。以中国当时的情形,他说不上富有,"中产阶级"总算得上的。如若中国作家都能达到他的生活水准,英国的穷作家们就该艳羡中国同行的幸运了。事实上"亭子间作家"们像蜗居伦敦顶楼的文人一样的寒酸窘迫,而且顶真比较起来,30 年代中国作家的生活情形恐怕只有更糟。我们单看 30 年代青年作家带有自传色彩的小说、散文(比如萧红、白薇、胡也频等人的作品),便可对文人生活之窘迫有一印象,其实也不道其他,只好蜗居亭子间这一事实,也就略见一斑。

有意思的是,30 年代中国作家笔下写到文人困窘的生活,并不给人以沮丧、无望之感,即使郁达夫呼天抢地的诉穷,也没有让我产生类于读《新格拉布街》时的那种阴冷的感觉,在有些作家的笔下,则贫穷多是"轻描淡写"的,有时更似乎是"津津乐道"——窘迫的生活倒是与一种乐观向上的情绪形成了鲜明的对比,萧红《商市街》中的一系列自传性散文,写她与萧军捉襟见肘的共同生活,"穷"是穷到底了,却绝无《新格拉布街》中人的穷愁潦倒之象。对贫困的"精神胜利"在中国青年作家中有普遍性,至少在文学中,贫穷并未呈现出吉辛笔下的那种严重性。何以如此呢,除了一些个人的因素?

我想这与各自的社会环境、各自对文人身份的自我确认(虽说未必清晰)不无关系。很难说"君子固穷""君子忧道不忧贫"这一类的古训对现代作家还有多大的感召力,士、农、工、商的秩序已不复存在,何况卖文为生者原就是一些无缘进入士阶层的落魄者的勾当,在社会也在自己的眼中,一为卖文为生的文人,真是"便无足观"。然新文学作家并不把自己视为这类人的后裔(相反鸳鸯蝴蝶派文人则顺理成章地以此自视),作为"五四"精神引导之下的青年,他们都有不同程度的精英意识,救国救民是其趋赴的目标,在此意义上,可说"先天下之忧而忧"的精神以别样的面目在他们身上得到某种延续。既以精英自期(他们乐于接受的"前进作家""革命作家"等封号皆可视为"精英"的种种说法),他们自然不甘把自己的写作看作世俗生存活动的一部分:恐怕新文学作家没有谁当真自以为是在"卖文为生",他们不是"吃写作这碗饭的",不是现代专业分工之下某一行当的从业人员。小视世俗生活,世俗生活的压力(比如贫困的压力)并不就此被化解,却毕竟部分地被意识的作用削弱了。

而且他们处在一个急剧动荡的时代,政治在生活中扮演着特殊的角色,贫穷之外,他们还面对着政治的压力,后者有时甚至是更为严酷的。而在政治上的叛逆者与经济上的穷人这两重身份之间,他们更多地意识到,也更愿意接受前者。红色的30年代,这种叛逆的姿态是与革命的罗曼蒂克经常是一而二、二而一相为表里的,激进的青年作家或多或少都感染着某种浪漫的气氛。他们所憧憬的革命乌托邦固然有广大的解释,然似乎同时也包含着对某种个人前景隐隐约约的许诺。尚未建立起严整秩序的社会存在的各种可能性则允许他们抱着不切实际的幻想。总之,对于政治的关注、对于未来的理想主义,很大程度上转移了他们对自身贫困状况的意识。

"新格拉布街"上的人们则没有类似的浪漫。身在井然有序的中产社会中,有什么样的前景是明摆着的,也并不存在更多的可能性,贫穷就是贫穷,贫穷对于他们没有任何的附加值。作为作家,他们有文学上的抱负,或可称得上精神贵族,然与30年代的中国作家不同的是,他们同时也以现实的态度接受世俗生活,写作在他们也是世俗生存活动的一部分,"写作为生"不是比喻的、修辞意义上的,而有着"谋生"一词的本来的、真实的含义。他们面临的压力更是经济上的,此所以贫穷在他们那里更呈现出一种赤裸的性质。——《新格拉布街》比郁达夫的哭穷,比中国30年代作家笔下的亭子间、准亭子间生活更给人以黯淡无望之感,原因也就在这里吧?

"三底门答尔"

二三十年代新文学作家大力引进西方的文艺理论，一些陌生的名词术语在新派理论家的文章里层见叠出，其情形与前几年为学术界诟病的"新名词轰炸"颇多类似之处。因为中文里没有对应的语汇，急切间也找不出恰当的译法，有时候也是要故示新异，标榜来头，有不少词都是音译的，什么"普罗塔列利亚""意德奥罗基"，什么"奥伏赫变""烟士披里纯"，令不明底细者读了虽不知所云，却也要"震其艰深"。"三底门答尔"也是音译，从英文 sentimental（现在通常译作"感伤的"，也有译成"温情的"）来，发明权属谁不清楚，但最喜欢用这词的，恐怕当数郁达夫了。郁达夫屡用这怪里怪气的音译，固是风气使然，但这词英文的原意实在也比"无产阶级""意识形态""灵感"之类更难传达。70年代，译为"感伤""温情"似已被普遍接受了，张爱玲在文章中还有一番推敲："'三底门答尔'（sentimental），一般译为'感伤的'，我觉得不妥，像太'伤感的'，分不清楚。'温情'也不够概括。英文字典上又一解是'优雅的情感'，也就是冠冕堂皇、得体的情感。另一个解释是'感情丰富到令人作呕的程度'，近代沿用的习惯上似乎侧重这两个定义，含有一种暗示，这情感是文化的产物,不一定由衷,又往往加以夸张强调。"但她也止于质疑,并未给出一个确解。

撇开原来的意思不论,中国的作家、论者在将该词当作批评术语使用时,总是指作者在作品中较多地流露出情感的意思。正像张爱玲引用的英文字典中的两条解释所暗示的,在具体的语境中,它或褒或贬,含着某种价值的评断。在郁达夫的笔下,"三底门答尔"显然是一种肯定性的描述,它意味着敏感、同情心、丰富、细腻、真挚的情感的流露、宣泄。虽说中国文学中并无"三底门答尔"一说,但中国传统文人中有一型是以"工愁善病"的"优雅的感情"著称的,郁达夫因为深受古典文学的熏陶浸染,也因为个人的气质,似乎是将"三底门答尔"与"工愁善病"接上了茬,只是多了一层时代的色彩,戏剧性的叛逆姿态与自怜自恋混合在一起,不复是优雅得体的了。二三十年代的新文学作家未必都像郁达夫那样标榜"三底门答尔",不过那既是一个涕泗交零的抒情时代,"三底门答尔"在作家中还是被普遍接受的。其实即使到40年代,即使是写实派的作家,对"三底门答尔"也并不回避,相反,超然的、客观的立场一直受到抵制,被视为冷漠、冷血之类,这当然与新文学浓重的道德意识和教化色彩有关。

新文学作家不避甚而拥抱"三底门答尔",见于他们的创作,也见于他们对西方作家的选择。事实上自近代西方文学被介绍到中国来,那些感伤色彩较重的作品似乎一直更能得到读者的青睐。《茶花女遗事》的一纸风行固不必说,《哀史》(雨果《悲惨世界》的节译)、狄更斯的部分作品也因其可能提供的感伤成分而大受欢迎。新文学作家的"拿来"眼光与林琴南一辈自然不同,态度也严肃得多,不过他们对"三底门答尔"的作品还是有所偏嗜。西方作家以国别而论，对新文学作家影响最大的，恐怕当数俄国作家，除了其他的因素之外，俄国作家与英、法等国的作家相比，从某种意义上讲，恰恰是比较"三底门答尔"。俄国作家中托尔斯泰、果戈理、契诃夫、屠格涅夫、高尔基、陀思妥耶夫斯基诸人作品是译介较多的，而据30年代作家陈纪滢所言，这里面又要以屠格涅夫最受欢迎，当时文艺界的讨论会，多半是集中谈他的《罗亭》。中国作家从罗亭一类人物的身上看到了自己的影子，自然是屠格涅夫大受欢迎的原因，同时他小说中的感伤情调也是一个因素。托尔斯泰是受到推崇的，但模仿他的人并不多，比他"三底门答尔"得多的屠格涅夫则显然更令中国作家感到亲切。

莫泊桑小说《一生》在中国受到的特别赞许，似乎也反映出中国读者对"三底门答尔"的偏嗜。莫泊桑的小说并无多少感伤色彩，作为福楼拜的学生，他在写作中亦尽量保持冷静、客观的态度。《一生》似并不能代表他的这种特色，在他的几部长篇中，是较多地表露出同情而显得有几分"三底门答尔"的作品，最有可能满足一种感伤化的趣味，有意思的是，中国读者恰恰对此书情有独钟，莫泊桑的长篇在中国要以它影响最大、拥有的读者最众，《漂亮朋友》等书皆未引起类似的热烈反响。

由此想到80年代曾经受到中国读者青睐的美国犹太作家马拉默德。有一阵美国犹太作家好像引起中国读者特别的关注，这与文坛上很热闹的文学民族性与世界性的话题不无关系：中国作家通过介绍文字已然知晓美国犹太裔小说家的创作在美国以至国际文坛颇成气候，而他们大都充分利用了自己的犹太背景。我印象中译介较多的有三人：索尔·贝娄、辛格和马拉默德。前两位 70 年代末 80 年代初先后获得诺贝尔文学奖。事实上犹太作家引起的关注与他们的获奖直接相关，既然每年一度的颁奖在中国文坛都成为热门话题，他们之受到重视，乃是理所当然的。马拉默德好像得过普立策之类的奖项，当时还是国际笔会的主席，论名气不能说不大，但要论学术界的评价，则不能与贝娄和辛格相比。美国的批评家对他就颇有微词，其一是说他的手法陈旧保守，其二是指责他过于温情主义，也就是"三底门答尔"。

的确，比之于贝娄，他更近于传统的写实，较之辛格，他小说的感伤情调是很容易感得的。然而三人当中倒是他对于中国读者更具亲和力。我发现人们读贝娄、辛格多少是震于其名声，《洪堡的礼物》《卢布林的魔术师》等书，很多人是读未终卷的。马拉默德在中国的被接受似有更多的自发成分，他的 Assistant 就出过《店员》《伙计》等好几个译本，很为读者乐道。有趣的是，中国读者对他的青睐，恰恰与他的写实、他的温情主义有关。在中国读者看来，马拉默德在西方现代作家中是富于人情味的一位，令我们感到熟悉和亲切，这人情味正是西方批评家不以为然的"三底门答尔"。

何以中国的读者对具有感伤色彩的作品有所偏好？这也许是个伪问题。因为这里的"中国读者"是个笼统含混的概念——是指读者大众，还是指严肃文学的读者（包括严肃的作家、论者）？如果指前者，那就没有意义，因为不论在中国还是在西方，温情感伤的文学总是受到读者大众欢迎的。只是中国现代的后一类读者亦有"三底门答尔"的胃口，他们对鸳鸯蝴蝶派式的小市民道德的感伤故事固然不屑一顾，对另一种符合新的意识形态的感伤则并不拒绝。而现代西方的纯文学,至少在意向上是力避感伤或曰温情主义的,是否"三底门答尔"似乎也是判明纯文学与通俗文学的一个尺度了。

当然,时至今日,中国文坛的情形已经与前大不相同。纯文学与通俗文学拉开了距离,与之相伴的是"三底门答尔"已不吃香。前些年批评家归结所谓"新写实主义"及先锋派作家创作的特征之一是"感情的零度",所谓"感情的零度"亦正是摒弃"三底门答尔"的一种努力。在批评家的笔下,"温情""感伤"之类,都被明确地赋予了否定的意思,意味着煽情,矫揉造作,感情泛滥,不能面对赤裸的真实,惮于彻底地揭露人性,等等。意思时有含混,贬损之意则一望而知。

如果对"三底门答尔"("感伤的""温情")在中国现当代文学中如何由一种肯定性的描述变为否定性的语汇做一番追溯,倒是很有意思。

劳动者的形象

1981年,文坛上还是"伤痕"累累的时候,杨绛先生的一册薄薄的《干校六记》面世,令人耳目一新:里面没有愤怒的控诉,没有刻意的暴露,只是对一段个人经历平静的陈述,哀而不伤,怨而不怒。叙说是有距离的,甚至还有几分幽默和矜持,而就在这距离、矜持里,自有一种尊严。这里面的从容镇定在当时的作品里是不大见到的。我们所见的作品虽都在否定"文革",却往往露出"文革"的腔调,留着语言"暴力"的痕迹,浮嚣的调子,夸饰的文风,很能见出多年来"文化革命"的成果:我们只会以高八度的嗓门,以一种意识形态的话语说话了。而《干校六记》像是一个没有被洗过脑筋,"我还是依然故我"(《干校六记》结束语)的人写出来的东西,让人嗅到暌隔已久的另一个时代的气息。

虽然说不清所以然,但我和看过《干校六记》的许多人都有这种模糊的感觉:这只有老辈人写得出来(虽说许多老辈人经过一次又一次的"洗澡",也已经只会半生不熟地操着另一种腔调),知青一代、右派那一批作家是写不来的,这一点与初读汪曾祺小说时的感觉有些相像。总体的感觉如此,还有一些小地方,当时读了也有一些小小的诧异，比如《凿井记劳》一篇里的写到"贫下中农"的一段，因为太"小"，也没和旁人议论过，不知别人是否也和我有类似的异样的感觉。

这一小段是顺带写到干校附近的农民对"我们"的态度和表现：

> 我们奉为老师的贫下中农，对于干校学员却很见外。我们种的白薯，好几垅一夜间全偷光。我们种的菜，每到长足就被偷掉。他们说："你们天天买菜吃，还自己种菜！"我们种的树苗，被他们拔去，又在市场上出售。我们收割黄豆的时候，他们不等我们收完就来抢收，还骂："你们吃商品粮的！"我们不是他们的"我们"，却是"穿得破，吃得好，一人一块大手表"的"他们"。

只这寥寥数行，是简笔照实记述，也是作者的涉笔成趣，不是创作，也并非有意要同流行已久的工农兵神话唱反调，由此牵连出劳动者形象的问题似乎有点不着边际。但到那时为止，文学作品里的劳动者都是以英雄的，至少是正面的形象出现，我们也曾听插队的知青说起老乡们的不良行为，学工学农时也曾领教过工农不那么让人敬服的一面，可在"透过现象看本质"的文学中，于"劳动人民"神话不利的"现象"都被仔细地滤去，或是给予了种种阶级论的解释了，所以看到《干校六记》里直陈贫下中农的"劣迹"，一面笑，一面也就奇怪居然可以这样写，同时也就联想到文学中那些拔高的却又是我们久已习惯了的劳动者形象。况且作者的叙述中还带着几分揶揄，这种大不敬的态度很有鄙视劳动者的嫌疑，是我们从小受的教育中一直要求我们时时警惕的，我的异样的反应多少也说明了这种警惕在起着作用。

我脑子里定型了的劳动者形象当然是过去的阅读形成的。事实上劳动者形象的定型也并非起于"文革","文革"只不过是把一种倾向推到了荒谬的程度。"文革"以前的文学向读者提供的,已经是理想化的劳动者形象,也要求我们以一种理想化的态度来看待劳动者。样板戏里的"无产阶级"诚然高大得可笑,而"十七年文学"中的劳动者形象大多也同样地不真实。不必说想象虚构的作品了,即使应是"记实"的散文里,对劳动者的描绘也是极浪漫的,杨朔传诵一时的名篇《雪浪花》即是一例,那里面的渔民"老泰山",其谈吐包括举手投足之间都有一种舞台化的高大。文学中的劳动者形象未必都有这等高大,不过他们总是具备了"劳动人民的美德",对于他们,作家至少也应取一种同情的态度,讽刺则只能施之于其他的人群。

说到文学中对劳动者的同情态度,还应追溯到"五四"文学。传统文学中不乏对下层人物的同情,不过造成某种"舆论一律"的压倒的风气,那还是始于"五四"。"五四"以后,人道主义思潮一度成为知识界的主流,平民主义成为一时风尚,"劳工神圣"是当时从知识界喊出的一句响亮口号,反映到文学上,则是描写下层人生活的作品大量出现,"人力车夫"的题材曾经吸引了胡适、鲁迅等许多人,也见当时风气的一斑。与"劳工神圣"对应的是"肉食者鄙",上层的腐化堕落与下层的受苦受难形成某种对比,立于二者之间,知识者隐隐觉得自己对劳动者的苦况负有某种道义上的责任,因而产生了负罪感。在《为奴隶的母亲》《生人妻》等名篇里我们都可隐约地感到某种负罪意识。很难说是同情的态度引起了内疚,还是内疚感促使作家更多地在作品中表露自己的同情。

"人道主义"一词如今可能同"温情"等语汇一样，在批评中已经带有贬义。然而纵使不可将人道主义的同情等同于道德良知，这种态度无论如何也是值得尊重的，问题在于表露同情的成为时尚，这使得同情有几分公式化了。大多数新文学作家不能容忍超然的态度，如果发现自己的漠然便更加重了负疚感。因为太多"应该"的成分，那同情往往缺少诚挚感人的力量。但是文学中表现对劳动者的同情已带有半强制性，或者说已成一种惯例，很少有人能抗拒，而在此种同情的观照之下，劳动者一概扮演了善良无助的角色，单纯的同情对象。

30年代，阶级观点进入文学，然对下层的同情态度还是保留下来，或者说，这同情正是为阶级观念的流行打下的一个底子。不少作家仍坚持"五四"的人道主义立场，激进的作家则不再单是施予同情，而让劳动者由被侮辱与被损害者转而扮演更为积极的角色。虽说衡以后来的标准，初期的"无产阶级文学"及其后的左翼文学中的劳动者形象实在不够高大完美，但作为"新兴阶级"或"第四阶级"，他们多少已开始成为讴歌颂扬的对象。笼统的"下层"或"劳动者"的概念要接受"阶级"的划分，"新兴阶级"的概念能够接纳的，似乎限于"纯正"的劳动者，略等于我们习惯的"工农大众"，市民阶层另当别论，小市民和小布尔乔亚的"灰色生活"经常是讽刺性的描写对象。

说不清阶级概念的日渐清晰与文学中对劳动者肯定、颂扬的音调越来越高有无因果的关系。1949年以后，在定于一尊的新的意识形态中，"劳动"与"人民"两个词被牢牢地焊接到一处，似乎唯劳动者才是"人民"的真正实体或够格的代表,而"人民"一词的庄严色彩使得劳动者的形象神圣不可侵犯,任何对劳动人民阴暗面的直率描绘都有唐突甚而亵渎的意味。

"劳动人民"的对立面是剥削阶级,但在某种意义上,不能安稳地居于"人民"之列的知识分子与劳动者也是形成对比的,其情形有些像卢梭笔下"高贵的野蛮人"与"文明人"的对立——文明人要走向自然人才可重获优美的情操,中国的知识分子须向劳动者学习,以期脱胎换骨,得到劳动人民的思想感情。不同者在于前者是浪漫主义,后者则带有强制性。但外在的压力却也有内部的配合,"五四"式的人道主义同情和相伴的隐约的负罪意识在意识形态的诱导作用之下转而变成对"劳动人民"的自惭形秽,不能说顺理成章,却也有迹可循。作家在心理上既已矮了一截,对劳动者则只有仰视了,而意识形态的命令则使颂扬赞美的调子成为作家情感态度上某种必需的预设。在此预设下出现的劳动者形象是我们多年来已经习以为常的,如果在那些形象上偶或允许出现了一些斑点瑕疵,那也必是经过了阶级论公式的程序繁复的防卫性解释,而且绝对的"无伤大雅"。

现代文学中的劳动者形象并非全都出现在人道主义及阶级论意识形态的视角里。超越了意识形态的作家,其笔下的劳动者形象要复杂得多,鲁迅对笔下的下层人物即是同情与讽刺兼重的态度,哀其不幸,怒其不争。另有一些作家,其视角可以说是普遍人性的,世态剧的:作家的立场比较超然,并不对某一阶层给予特别的关照,劳动者只是个别性的人,并非阶级的化身或典型,他们也只对具体的人做出反应。同时作家也接受等差社会的现实,以一种比较世故的眼光对各阶层、各种身份和职业的人的行为方式做冷静的观照、细致的刻画,这样的观照往往是喜剧性的,出现在其中的劳动者不是"新兴阶级",也不好称"劳动人民",乃是芸芸众生的一部分,像其他阶层的人一样可怜可笑。老舍早期小说中的劳动者就有这味道,过去被斥为"绅士派"的作家,其笔下过场人物的劳动者也是出现在这样的眼光中的,杨绛在《干校六记》中几笔带到"贫下中农",也是世态剧的眼光。

1949年以后的意识形态只允许文学采取阶级论的眼光,人道主义的同情也变得可疑、落伍,人性加世态剧的眼光自然更是不能容忍的,我们在文学中见到的,当然只有出现于阶级论眼光中的劳动者形象了。此所以《干校六记》中对贫下中农的描绘让我觉得不寻常,虽然杨绛不过是"我还是依然故我"地重新拣起了世态剧的"老"眼光。

假如是现在看这册小书,我肯定不会有讶异之感了,目下的文学中阶级论的眼光基本上已消失,而"感情的零度"既早就曾经作为对文学动向的一种描述,人道主义的同情自然也大大地淡化了。我们所见到的多数写实性的作品,其眼光基本上可说是世态剧的,描摹下层的生活,则其生存状态、世情风习是措意的所在。

也许强调类特征的"劳动者形象"这个词以后是要弃置不用了吧?

记忆的修正

很喜欢读老辈人忆旧谈往的文章,因为从中可以知道许多想知道而无法知道的人与事——有许多人事,恐怕也只存在于老辈人的记忆中了。由于所学专业的关系,此类文字中语及现代文坛者又是我最注意的。近日在《读书》杂志上读到谢兴尧先生的《回忆〈逸经〉与〈逸文〉》,很是高兴。文中谈到的两种杂志,前者在图书馆里翻过,印象是与林语堂办的杂志大略属于一路,唯偏重于历史掌故是其特色,与林语堂的不拘三教九流的"幽默"相比,其轻松有趣之外似更多几分学者的味道。多年前郑逸梅在掌故书《书报话旧》中即谈到过该杂志,称其为"文史性刊物中的突出者",然而谢曾是《逸经》的主事者,谈杂志的创办经过、编辑的设想、创办人简又文的底细,当然又自不同。至于《逸文》,这却是未见过的,据文中介绍,其撰稿者多为《逸经》旧人,而内容厚实不让《逸经》,应是大可一读的。

但是老年人的记忆也有模糊、靠不住的时候。这篇文章述及《逸文》创办经过时道:"1945年春夏之交,抗战胜利,日本投降前夕,国人欢欣鼓舞,重睹升平……当时学术界的人士,文坛上的朋友,久屈思伸,静极思动,大家共同的想法,就是办一刊物,舒展情怀。

群策群力，众擎易举，推我主持编务，命名《逸文》，盖欲继《逸经》之后……"文末归结全文又有"总观两次编辑杂志，抗战开始，《逸经》结束；抗战胜利，《逸文》问世"等语。给人的印象是，《逸文》乃是抗战胜利的产物。可不待查核当年的《逸文》，单从文中去看，也不免令人有几分疑惑：文中引录了该刊《文史鳞爪》栏内的几则文坛消息，除了报道国学家马裕藻、创造社早期作家龚持平逝世，苏青、张爱玲书在翻印中等等之外，另有"前上海《古今》半月刊社长朱朴之，携眷来京小住，与周作人、瞿兑之等聚首畅谈"；"华北作家协会赵荫棠所著《影》已出版"等数条。按"华北作家协会"有亲日色彩，周作人乃众所周知是"落水"作家或"大汉奸"，朱朴之曾是汪精卫的亲信，做过南京政府的高官。一份抗战胜利后（即使还未紧锣密鼓地抓汉奸）创办的杂志仍用"华北作家协会"的字样，又对周、朱这样可疑人物的活动做报道，是否过于"不识时务"了？

其实谢文中的时间表本身已透露了消息：1945年9月日本人投降，《逸文》乃1945年5月出创刊号，6月出第二期，第三期因物价飞涨，纸张奇缺，集稿后未能付印。是则《逸文》在日本人投降前已出版，到抗战胜利时已经停刊了——与"抗战胜利，《逸文》问世"的说法正好相反。这就难怪杂志上看不出半点"漫卷诗书喜欲狂"的气象，而《文史鳞爪》栏内的文字都是有关沦陷区文坛动态的内容了。

虽然如此，1945年初日本的失败已成定局，因胜利将临而"久屈思伸，静极思动"，遂有办刊物之议，也不是不可能的。是则《逸文》虽是在日人的统治下出版，且到抗战结束后已然停刊，其创办的契机却关乎政治形势。只是"学术界的人士，文坛上的朋友，久屈思伸，静极思动……舒展情怀"等语，仍与实情有些不合。因为《逸文》的主要撰稿人周作人、谢刚主、傅惜华、傅芸子、徐凌霄、徐一士，还有主编者本人，在《逸文》问世之前并非搁笔不书，蛰居不出，在文坛上销声匿迹，相反，他们大都勤于著文，且发表甚多。（朱朴之的《古今》是沦陷时期最为风行的杂志，因得周佛海之助，财力雄厚，而上述诸人大多出现在该刊的堪称豪华的笔阵中；傅惜华时任"北京华北广播协会"文艺委员等职，曾被推为"大东亚文艺者大会"代表，傅芸子则任京都帝国大学教授。"静极思动"是谈不上的。）此其一。其二，刊物既是在日伪统治下出版，"舒展情怀"自然无从说起，而且也看不出欣喜之情的哪怕是隐晦的暗示。事实上《逸文》"欲继《逸经》之后"，是一本与时代、政治无涉的文史掌故杂志，其内容与《古今》是相类的。这样的杂志即使在日本人控制较严的时期，其生存也并不艰难，如有困难也是经济上的，而非政治上的。

  我提出这些疑问主要并非为了与谢先生的记忆较真，谢先生毕竟是年届九旬的老人，记忆上的出入是可以理解的。我更无指责谢先生"拔高"创办《逸文》的动机，甚或有文"过"饰"非"的嫌疑的意思——果真如此，文中留下如此明显的自相矛盾（言明日本人9月投降，杂志第二期是6月出版，却又说"抗战胜利，《逸文》问世"）就说不通了。我相信这里与事实的出入是作者下意识里对记忆的修正，而我最感兴趣的也正在于此：为何会有这样的修正？

  按照心理学的理论，我们对记忆无意识的涂改增删总与我们未明言的意愿有关——我们希望记住什么，忘记什么。办杂志是谢先生人生经历中的重大事件，《逸文》又办得相当出色，出了许多好文章，应属平生得意之笔，回忆起来是颇感欣慰的，可杂志偏偏是在日本人统治的时期出版，这却是谢先生愿意忘却的，虽然杂志上并无半点亲日的嫌疑，虽然《逸文》是战前《逸经》的地道翻版，但沾上沦陷时期，就像沾上了日本人，无形中即给人一种不洁之感，谢先生当然宁愿它是战后出版的。《逸文》出在抗战胜利前夕，时间上似乎搭在临界点上，其创办的因果也就按照回忆者的意愿发生偏移了。

事实上沦陷时期的经历是许多人皆愿意忘却的。读谢文时我不知怎么就想起了许多年前的一些往事。大概是1984年，我正在准备硕士论文，是关于张爱玲的，读了许多那时的杂志，上面有许多名字是涉及现代文学的书籍、文章中从未提到的，而在这些名下的不少文章相当精彩。我很想能将这些名字对上号，一方面是希冀能通过他们中间可寻访的人得到一点有关张爱玲文学活动的材料；另一方面则是对其本身，对沦陷区文坛的一般情形也想略知一二。说"对上号"，实因从行文上可以看出许多作者并非新手，而当时在沦陷区的特殊环境中，已成名的作家出于不同的考虑，有不少发表作品是不属真名实姓的。有一次与朋友聊天，意外地得知他所在那所大学的一位教授，即是沦陷区文坛上颇为活跃的某某。当下大喜过望，因线索得来容易，且近在咫尺，拜访起来也方便。

不道数日后那位朋友从侧面得了些消息：老先生虽是谈锋极健，但对那一段经历却是讳莫如深，从不提起，偶有人问及便面有愠色。这真让人扫兴，硬闯上门去似是强人所难，只好作罢了。其后不久我去上海查资料，又得到一些线索，然在得到几处地址的同时我又被告知，"他们不会说什么的"。时间太紧，上海地方又太大，我只跑了三四处，结果证明提供线索的人所料大致不差：被访者大都存有戒心，我显然是个不受欢迎的人。

　　似乎只有下一代的人没有多少心理负担。苏青是我极想一见的，一则她与张爱玲关系不同一般，二则她是抗战胜利后少数几个为自己沦陷时期的卖文为生言辞激烈大声抗辩的人之一。可惜那时她已去世。我在普陀区一处逼仄简陋的居室里找到了他的小儿子。据说他是在一家小厂里当工人，不过常泡病号在家，做点小生意。他对我的问题倒是有问必答，只是除了他母亲与张爱玲是好朋友（那时张爱玲热已悄然兴起），以及苏青晚境的凄凉，临终前大口呕血的惨状之外，对沦陷时期的人与事，他就不甚了了，似乎也没什么兴趣。

　　在上海这一类的寻访中给我印象最深的是去访一位在沦陷区文坛上很活跃，既编杂志，写作也极勤，称得上当时有数的几位散文家之一的老先生。那一次他恰好外出，接待我的是他的夫人。将我延入满壁书架的书房坐定，问明我的来意之后，她立时显出几分紧张，称老先生去了外地，近期内肯定不会回来，至于我的那些问题，老太太急切地道："他不知道什么的，不知道什么的。"当时的感觉，她似乎不当我是一个现代文学专业的研究生，而视我为搞政审的外调人员了，想必在过去的几十年间，那样的外调是家常便饭吧？——伤弓之鸟惊曲木，以致对我这样绝对"无害"的学生也要设防了。

　　不知为何，读谢先生的文章，我不期然地就联想到老太太不安的神色，虽则老太太是在替丈夫规避什么，而谢先生既著文谈往，当然无意规避。——或许是谢先生无意间对记忆的修正让我把二者联系上了吧。

　　并非所有生活在沦陷区的文化人都不能坦然面对那段历史。有不少作家滞留上海继续从事进步的文化活动，虽不能与日伪文坛对垒而始终与之界线分明，他们中的不少人曾遭到日本人的监视、逮捕、拷问，称得上是文化战线上的抵抗战士，他们当然问心无愧，甚至有理由感到自豪。处在另一极的一些人屈身事敌，助纣为虐，或参加敌伪组织，或有亲敌的言论，戴上"汉奸文人"的帽子，却也无可说得。

有几分尴尬的是那些似在清浊之间的文人。说"清浊之间"，乃因为他们与日伪并无政治上的瓜葛，但他们的文章又常见于一些有日伪背景的杂志，像前面提到的《古今》（事实上沦陷时期的许多有地位的杂志如无当局的默许和财政支持是很难存在的）；他们办的刊物虽无涉于政治，然又常有可疑的名字出现在上面，像谢先生编的《逸文》，周作人显然是在唱重头戏。《古今》上的那些文史掌故类的文章，《逸文》那样的杂志，若放在承平之世，再无可疑之处，然而日本人的占领这个事实，使得问题一下变得暧昧复杂了——所谓一切以时间、地点、场合为转移。中国的文人在改朝换代之际，在遭异族统治之时，向来标举做逸民的不合作态度，于出处进退特别谨慎。活跃于沦陷区的文坛，在有敌伪背景的杂志上发表文章，无形中似即有"合作"的嫌疑，这些文人面对往事有不洁之感甚或歉疚之意也是自然的，这是个人良知的问题。

然与这种负罪感一道，还有外在的政治压力。这种压力抗战刚结束即已存在。国民党接收大员隐然将身在沦陷区的人皆视为日本人的顺民，按照某种过分戏剧化的夸张的忠奸对立标准，在这种情势下，沦陷区文坛上抛头露面的文人都有了"汉奸文人"的嫌疑也是可想而知的。随着时间的推移，问题的严重性在渐渐地淡化，不过那标准其实一直存在着，有时甚而具体化了。80年代初台湾出版的《抗战时期沦陷区文学史》中，作者刘心皇定义的"落水"作家不仅有曾任敌伪职务者，曾担任敌伪报章杂志、书店经理、编辑等职务者，而且包括"曾经在敌伪的报章杂志、书店等处发表文章及出版书籍者"，"曾经在敌伪保障下出版报章、杂志、书籍者"。沦陷区的出版物当然都是当局许可的，许可即是"保障"，以此种逻辑推论，当时的所有有作品发表的作家自然都在"落水"之列（遑论有敌伪背景的杂志的撰稿者），以致一部沦陷区文学史径直成了汉奸文学史了。刘心皇的标准并未被普遍接受，可是它代表的某种无形压力一直是存在的，因为是责以民族大义，故尤能造成一种威压感。

　　这篇小文无意也不可能具体地讨论清与浊的界限，只是记下谢先生的记忆修正令我产生的一些联想。不过在此我还是想提一提萨特对生活在沦陷区的人的尴尬处境和特殊精神状态的观察（准确地说是体察）。当然他描述的是二战时法国的沦陷区。萨特二战时一直生活在沦陷的巴黎，作为一个过来人，他对沦陷区的生活自有"不隔"的体验。在《占领下的巴黎》这篇名文中，他向我们讲述了巴黎人忍受的折磨，每时每刻都存在着的恐怖。但他要我们放弃那种关于敌我的过于戏剧化的想象，他提醒我们"不要忘记占领是天天存在的事实"，"我们活过这四年，德国人也活着，就在我们中间，淹没在大城市的统一生活里。……最初我们只要见到他们便不舒服，后来，我们逐渐学会了对他们熟视无睹，他们已具有一种建制的抽象性质……我们活下来了，这就是说人们可以工作、吃饭、睡觉，有时甚至还能发笑——虽然笑声难得听到。恐怖似乎在外边，附在各种东西上。人们可以暂时不去想它，被一本书、一场谈话、一桩事情吸引过去：但是人们总要回到它那儿去的，于是人们发现它从来没有离开我们。它平静、稳定，几乎很知趣，但是我们的梦想和我们最实际的念头无不染上它的色彩。它是我们良知的经纬线，又是世界的意义。今天这场恐怖已经消逝，我们只看到它曾是我们生活的一个组成因素；但是当我们沉没在其中的时候，我们对它太熟悉了，有时候把它当作我们的心情的自然基调。如果我说它对我们既是不能忍受的，同时我们又与它相处得不错，人们会理解我的意思吗？……我们中最优秀的人投入抵抗运动，其他人迟疑不决，内心不安；他们反复咀嚼自己的自卑情结，既不能认定自己不该遭此报应，又不能把它当作赎罪手段"。虽然他说的是法国巴黎，但我想中国沦陷的都市的情形，人们的处境、心境也是相仿的。明乎此中的复杂暧昧，我们或可对谢先生对记忆的修正，对其他类似的不自然的陈述，多一份"同情的了解"？

没"戏"

很多电视台会在非黄金时段里播放一些过去的老片子，不知是出于怎样的考虑：是"进行革命传统教育"，是供当年的观众怀旧，还是缓解片源的紧张？也许是兼而有之吧。我常是这类节目不那么忠实的观众，"机会主义"地看上一部半部，有时是因为其他的节目太糟糕，有时却是有几分好奇地想知道，现在再看这些片子自己会有什么样的反应。结果是，在大多数情况下，我对片中人物、编导，同时也对观众的单纯感到吃惊。剧中人对人、对事的反应多半是直线式的、教科书式的，如其不被视为单纯，则你只能怀疑是弱智了。

前些时候看的一部片子是《永不消逝的电波》，故事是过去的电影观众熟知的：老红军李侠肩负使命来到上海，在敌占区建立地下电台，他以各种身份为掩护，与敌周旋，从日伪时期到国共内战时期，迭经艰险而几度化险为夷，却终在胜利前夕被敌发现，壮烈牺牲。附属于此主线的小故事是，为掩护身份的需要，女主角被上级派来与李侠扮演假夫妻，日久生情，二人真的结了婚，当然在最后，她失去了丈夫。

在局外人眼中，地下工作原本就有一种神秘性，加上假夫妻弄假成真的美谈，是在惊险故事里又加上了浪漫传奇。有位老先生在回忆文章里说到孤岛时期处于半地下状态、行踪飘忽的阿英，有次他登门，发现阿英并非独居，有一位衣着入时、年轻漂亮的女性在侧，阿英介绍说是夫人，他当下唯唯。但对一向神秘的阿英实是将信将疑，一时联想起很多看过的电影和小说，猜度会不会是一位工作上的同志伪装为夫妻呢？可见三四十年代，相似的故事已经是小说电影的好材料了。我想多数人也有着类于老先生的好奇心，如果知道《永不消逝的电波》的故事梗概，观众除了想了解"革命斗争"之外，必也会生出几许绮思，有一份"额外"的期待，因为假夫妻弄假成真，其本身似乎就是一出呼之欲出的言情戏。

可事实上，没戏。——影片中大可利用的戏剧元素都被编导放过了，要"英雄"没英雄，要"儿女"没儿女。地下工作并无传奇色彩，以我们今日谙熟的特工片的标准，这里没有悬疑的气氛，也无千钧一发的紧张场面，李侠不是"007"式的神出鬼没、神通广大的好汉，乃是兢兢业业、小心谨慎的地下工作者。对此我们别无意见，因为这倒是近于真实的。可编导对男女主人公的感情不着一字，全无反应，却不免让人遗憾。回想不起头一次看这片子时做何感想了，这次再看，就觉编导是对观众的兴味虚晃了一枪，我推想观众看完片子必是意下未足，甚或有几分被愚弄的感觉。

女主人公登场时是个少女，对于新的使命不知内情，她只是对扮个无所事事的"资产阶级"太太，不能与闹罢工搞斗争的"姐妹们"一起战斗表示不满，而对她将与一个陌生的男人生活在一起这一点，似乎毫无心理障碍。要说编导对其中潜在的戏剧性全无意识，那实在是冤枉，果真如此，就不会有这条线，更不会让镜头在二人相处一室的第一个晚上滞留了。编导显然明白观众很有兴味地等着看男女主人公如何应付这虚拟的类于"新婚第一夜"的尴尬局面,也未尝不想利用这一点,可是事到临头,"戏"又冲淡到近乎没有:李侠对身边这位漂亮的女子视若无睹,对她的性别毫无意识。更奇的是女主人公也一样的懵懂,绝对的"思无邪",一个少女在类似情境下会产生的紧张、羞涩、不自在,以致朦胧的期待、好奇,她一概没有。两个人直似金童玉女,不知男女为何物,但见男主人公理所当然地从床上抱了被子往地上一铺,这一幕便不着痕迹地过去了——一丝涟漪也没有。

既然如此,二人又何以产生了感情,结为真正的夫妻呢?这是编导需要解释的,也正是展开细腻的心理刻画,让我们透视主人公情感世界的好机会。然而我们的期待又一次落了空:编导只是不厌其烦地告诉我们李侠如何循循善诱地开导我们的女主人公,当她终于明白了自己所扮角色的意义时,二人的情感似乎自然地开花结果了。编导好像以为二人由此萌生情感以及如何澄清这份情感是不言而喻的,"尽在不言中",所以也就不言。我们只是在影片跳过了一段时间后见到一位地下联络员来到二人身边,兴奋地向他们宣布:"上级批准你们的结婚申请了!"——这场景紧接着前面女主人公终于"提高认识"的一幕,倒像是在暗示其间有什么逻辑联系。

这真是标准的同志式关系,至少影片中我们看不到二人的情感里有任何超乎"同志式"的东西,所谓琴瑟和谐也不过是工作上的默契而已。记得在一本纪实性的书里看到一桩趣事:"文革"年间有人听说江青是毛泽东的妻子,不能相信,坚称那是谣传,他甚至查阅了很长一段时间的报纸,发现新闻报道中从未出现过"夫人"的字样，只是偶尔称她是毛泽东的"亲密战友"。大约那时的宣传对私人生活的一面总是尽量回避的，文学艺术中也是遮遮掩掩。即如《永不消逝的电波》，似乎触碰到这一面了，而人的一些最基本最自然的情感终于还是"缺席"，我们好奇地随编导走入了一间私室，却发现那里其实是个公共场所。

一九三七年的爱情

据说作家大致可分为两类：一类较富于知性，他对自己要做什么有充分的自觉，对作品的结构有周密的设计，一步一步朝着既定的目标坚定地走去；另一类作家则往往是信马由缰，"跟着感觉走"，倾向于诉诸直觉。假如这划分能够成立，眼下文坛上活跃的小说家中，叶兆言无疑应归入后一类。他在不同场合多次表示不能清晰地解说自己的作品，而他笔下的故事的发展时常出乎他自己的意料之外。后一情形即使在一些大作家身上也并不鲜见：托尔斯泰的《安娜·卡列尼娜》原只想写成一部中篇，结果却是洋洋百万言的巨制，且安娜的故事之外，又"跑题"跑出了列文一条线索。然而这是托翁于创作中不断修正自己的意图，终卷之际，他仍能赋予作品某种有机的、完整的解释。叶兆言这一次的"跑题"却是跑远了，而且是久假不归，终而似乎是陷入了非驴非马的尴尬。

我指的是他的近作《一九三七年的爱情》。据他自供，这部书原是想写成纪实体的小说，"一部故都南京的一九三七年的编年史"。起首第一句似乎就是为实现这意图定下的调子："我的目光凝视着故都南京的一九三七年。"而在全书结束，原先的写作计划已然面目全非之后,他仍然在恋恋不舍地试图攀住他的某些执念,尽管是以某种"消解"的方式,《写在后面》的首句仍在指向历史:"一九三七年的南京不堪回首。"显然,照他原先的设想,关键词应是"一九三七""南京""民国"。这几个词语凝定了他对重大历史时刻的某种关注,更隐然有透视感应民国兴亡的企图(抗战只是这盛衰兴亡的一部分),当然还有对于故都南京瞬息繁华的叹惋。毫无疑问,这一切均指向了历史。叶兆言对历史的浓厚兴趣或将在"重大题材"中得到一次巨量的满足?然而如他在后记中供称,亦如我们所见的,这部小说最终写成了一则感伤的爱情故事。"历史"并没有被全然取消——叶兆言时而中断他的言情故事,回到"历史",亦即那一时期南京的情状的叙写——可就"编年史"的企图而言,这显然是于事无补——"一九三七年的南京"无可挽回地变成了"一九三七年的爱情"。大时代中几个小男女的悲欢离合压不住"历史"的阵脚,丁问渔、任雨媛、余克润这些卷在情感漩涡中的角色却处在历史漩涡的边缘,叶兆言并未让他们参与重大的历史事件,甚至也不给他们提供充当历史见证人的机会——虽则他们的身份位置有着某种便利,然对于他们,端的是"生活在别处","历史"始终处于他们的意识之外,读者绝无可能从这里找到历史的观照点。当叶兆言追踪其情感纠葛之际,"历史"不可避免地夭折了。另一方面,作为一个爱情故事,《一九三七年的爱情》又使人意下未足,因为作者"历史"叙述的旁逸斜出时而分散我们的注意力,要把这部分理解为故事的背景,未免牵强,因为二者之间的联系实在脆弱得可以,与其说是因果的,不如说是平行的,几乎像是从彼此不相干的动机中衍生出来。鉴于我们已然知晓作者原先的意图以及他在后记中提到他为此书在资料上下的大量功夫，这条"历史"线索如其不被视为对于所掌握史料技痒难熬的卖弄，似乎就只好理解成早先"编年史"意图的残留物了。

然则叶兆言即使在无奈接受了"历史"阴错阳差成了感伤故事的尴尬之后，仍然坚持认为"历史"的不可缺席，他可以承认局部的描述或有卖弄之嫌，却拒绝将历史线索弃之不顾的可能，因为那样一来，小说就会显得分量不足，"压不住"，换言之，尽管他有几分自嘲地说他写了个"非驴非马的爱情故事"，他却不希望读者把这本书当作一个单纯的感伤故事来接受。他对他零碎的、并不完整的"历史"演绎仍然有所期待。如果将此仅仅视为给其故事以壮声势式的外在的举措，未免过于简单，演绎历史毕竟是他的初衷。我以为在"历史"与爱情故事的缝隙间，有着叶兆言的直觉竭力捕捉的某种东西，不妨说，他对历史的感应、理解、困惑以某种他始料未及的方式渗透到了他的写作中，并且在他"言情"之际也顽强地浮现出来。《一九三七年的爱情》显然不是合格的历史小说，但却不乏对历史的意识。作品大于作家，这已是常识，对于追随一己的直觉的作家，情形尤其如此。

不管是骡子是马，作为一部完成的作品，《一九三七年的爱情》已是客观的存在，我们同时面对着"历史"和"爱情"，不得不接受两条线索并置一处的事实。并非"存在的就是合理的"，不过我们也不妨尝试一种可能的、"合理"的解释；或者，我们可以悬想另一种局面——假如放过叶兆言的自供，假如我们不知道这是一次跑题的结果，假定我们把这里的并置当作作者有意识的设计，我们会读出些什么？也许我们会马上直奔二者之间的关系而去，因为这里安排上的有悖常理一望而知，逼使你追问作者这么做的理由。"一九三七"

指向历史,"爱情"指向个体的行为,以书名而论,作者并置两条线索似乎是要在历史与个人命运之间暗示我们些什么。事实上叶兆言在后记中就此已有所表述:"战争时期的爱情将是十分荒唐可笑的,在战争的背景下,爱情往往显得非常滑稽。但是人人心目中,如果真存在着爱情的话,战争也许就不会发生。"小说中的故事似乎并不能给此话提供有力的支撑,每个人都似书中男女主人公一般专注于个人情感战争,即无从说起似乎也并非作者真想到达的结论(虽然也说得通)。不过这里语义的模糊和逻辑上某种程度的混乱似并不妨害我们捕捉到叶兆言的主要命义,即战争与爱情,大而言之,历史与个人命运的异质性。

战争与爱情的异质性本无待叶兆言来发现,大时代中小人物的悲剧故事是许多小说处理的题材。远者不论,从吴趼人的《恨海》到张爱玲的《倾城之恋》,小人物的命运浮沉一再引起文学的关注,作家由此对个体的脆弱低回叹惋,或是对历史之无情表露出复杂的情绪。不能说《一九三七年的爱情》与此传统全无关系,作为一个感伤故事,丁问渔与任雨媛的爱情悲剧似乎是作者发出的又一声叹息,丁问渔的下场(小说结尾,他在江边溃败的人群中被流弹打死)则似更是直指战争不由分说的破坏性。这故事也可以看成又一出"倾城之恋":张爱玲笔下,港战的发生意外地成全了白流苏的婚姻,丁问渔则在紧锣密鼓的战争氛围中,在城池将破之际终而赢得了任雨媛的芳心(他最后的死是另一回事)。但这样的类比自然并不足以说明《一九三七年的爱情》的全部。读者会发现,尽管战事对书中故事的影响是看得见的(比如余克润的战死、丁问渔的结局等),叶兆言却无意强调其间的因果联系(那颗结束了丁问渔生命,亦令小说不了了之的流弹实在来得突兀）；同时他也并不刻意唤起读者对男女主人公遭际的同情。通常情况下，感伤故事总是坚持个人的叙述立场，正是对这一立场的坚持、确保、加重了我们的悲悯，而叶兆言并不牢守个人叙述，他的一只眼睛时而瞄向历史，当我们因其历史叙述某种程度的正面化而无法将之简单归为背景交代，发现其中包含着独立的叙事兴趣时，我们不得不假定他是在有意确立个人叙述之外的另一个观照点。

在我看来，叶兆言对战争与爱情、历史与个体行为异质性的感知，至少就其独特性而言，恰恰表现在他于个体叙述与历史叙述之间的游移不定上。他给我们提供了一种双向的观照，从历史叙述观照个体的意欲，从个体叙述的角度感应历史的质地。自历史叙述的立场言之，丁问渔对爱情的一场追逐毫无意义，映衬着正在发生的历史事件，诸如愤激的民情、抵制日货、学生的请愿、淞沪抗战、庐山谈话会之类，丁问渔们的沉湎个人情欲不仅显得无足轻重，而且荒唐滑稽，甚至丁的死也不能取消读者的滑稽感，他的死并不给人很大的刺激，正如在一部编年史中个体的命运不会得到特别的同情和关注一样——的确，比之于一座城市的陷落，以及书中未写及而即将发生的南京大屠杀事件（这是我们阅读时无形中会参照的更大的"文本"），这算得了什么？

另一方面，自个人叙述的立场言之，战争（历史）又显得毫无意义。战争（历史）对于个体意欲的异质性不仅见于它的目的、指向，而且也见于它始终未能真正侵入主人公的视野。在整个故事中，丁问渔对战事的反应，连被动也说不上。他也看报纸，偶或意识到"战争机器已经启动"，甚至在情书里"突然慷慨激昂谈起抗日的话题", 大有效命疆场、马革裹尸之概。然而这实起于他个人意欲受阻而生的无聊和突发的受虐冲动, 没有实际的意义。事实是, "自从陷入对雨媛的爱情之后, 丁问渔对和爱情无关的事情, 根本懒得去过问。周围世界上发生的一切, 仿佛和他没有什么关系"。迫在眉睫的战争就像他在火车上随看随撕随扔的报纸, 在他意识中丝毫不留痕迹, 他毋宁是个局外人, 听而不闻, 视而不见。我们得承认丁问渔是个异于常人的怪物, 他完全封闭在个人的欲望之中, 他对爱情的过分投注及对周围世界的漠视使他像一个疯子。然而愈到后来, 作者愈让我们感到他并非可以一笑了之, 因为在他的疯狂里, 有着叶兆言理解的某种人性的真实。他的疯狂不过是把人的某一面放大了, 其实书中的其他人物哪一个不是封闭在一己的意欲中？余克润身为中国空军的王牌飞行员, 直接卷入战事, 可他的参战对于他似乎是次要的, 战争对于他的影响更在借此机缘他有机会成为公众人物, 成为明星, 他所措意的是他的情场角逐；同样的, 军人之后, 在战时司令部工作的任雨媛本是最易于感受到浓重的战争氛围的, 可对于她, 真正具有迫切性的, 是解决个人情感的归属问题；至于那个唤作"和尚"的车夫就更不必说, 他一直在忙于上演他的市井闹剧。叶兆言显然部分地接受这样的真实, 他津津有味的叙述说明了这一点, 而一旦进入这种真实——个人意欲的真实, 战争、时代、历史这些概念倒是呈现出空洞虚假的性质, 像是影影绰绰没有声音的画面, 或者像一阵朦胧模糊的噪音。

准此而论, 我们可以说, 历史叙述与个人叙述之间实有某种"互文"的关系存在: 它们互相否定, 互相取消。这种关系, 至少部分地, 正表现在它们的平行、背对背互不理睬上, 就像两股道上跑的车,行在各自的轨道上。历史叙述毫不理会个人的意欲,丁问渔、余克润、和尚都在战争纷乱杂沓的脚步下成了牺牲品;书中的人物也不理会时代,他们紧盯着自己的目标,他们对战争的反应就是执拗地拒绝对其做出反应,"时代改变人""战争的洗礼"之类在这里都成了虚构,战争中的人依然故我。

说到"取消",其实这部小说中历史叙述与个人叙述的本身在各自的背景上也正执行着取消的职能。前者在消解"正史"的神话,后者则消解着"爱情"的神话。

叶兆言对"历史的规律""历史的逻辑"这一类的概念压根儿就表示怀疑。引言中他声称作为小说家,他"看不太清楚那种被历史学家称为历史的历史",而"所谓民国盛世的一九三七年,本身就有许多虚幻的地方"。看不清楚未可全然视作避重就轻的辞令,其中实有他对历史的困惑,也有对他的怀疑立场的坚持:教科书中的历史原本就是"虚幻"。从一开始,他的历史叙述就杂入了弦外之音。他有几分戏谑化地将民国政府的正式定都南京归因于"故总理中山的在天之灵",甚至推溯到孙中山某日在紫金山打猎时触景生情忽然产生的日后葬身此地的意念。这是游戏三昧,未可当真。问题是,叙述的调子在这里就已经定下了。在其后的历史叙述中,我们发现作者的目光在一些似与历史更不相干的片断上流连忘返,诸如吴稚晖在长江轮船上对汪精卫的跪泣陈情,"七七事变"第二天南京报纸上私娼"集团拉客"的重要报道,由"新星、红星、巨星"蓝苹女士领衔的《大雷雨》剧组因演员闹别扭虽登出了广告而未来宁献演,定都南京十周年之际市政府的纪念活动,禁娼措施,大张旗鼓的灭蝇,二十支灭蝇队等等,作者皆娓娓道来。这些大都是可考的,有时作者径直就用上了当时报上的材料，于此不难发现他对轶闻掌故之类的浓烈兴趣。他的历史叙述甚至就是这些野史的东西拉杂而成，可以说他以此基本上使历史野史化了。

毋庸讳言，这里有某种趣味主义的倾向，但我们也不可忽视野史对叶兆言的特殊意义：野史的功用不是补正史之阙，也不全然是点缀性的——不妨说，野史即是正史，或者说，正史其实乃是野史。叶兆言的野史是人情的、风俗的，相对于此，政治的、军事的"正史"像是虚张声势的、空洞的姿态。小说中对政治形势表现出积极兴趣的人物似乎是雨媛之父任伯晋，天下大势几乎是他的永久话题，如果可以相信丁问渔的判断（有一次他对任的国情分析大为折服），我们甚至要说他对历史不乏某种洞察力，可作者有几分揶揄的语调以及那份屡屡示人的遗嘱分明提示读者他是个多少丧失了现实感的人，作为一位过了气的老军人，他的纸上谈兵不过是对昔日虚幻抱负的自慰。而所谓"历史学家称为历史的那种历史"，则正像任伯晋的滔滔议论和他的遗嘱，头头是道充满权威性而又似是而非，不知所云。我们在书中还看到其他一些有关"抗日"的叙述，像年轻人闯入励志社募捐，在此场合一个学生"像背教科书一样""声泪俱下"的演讲（除了控诉日本人的侵略之外，他敦促正在庆祝婚礼的人们要娱乐不忘国难）以及后来的众人引吭高歌《义勇军进行曲》；中学生发起的一场捐献5万条毛巾运动（结果只收到49条），等等，它们在作者笔下无不染上了滑稽色彩，似乎是作者以自己的方式给历史教科书中"抗日激情高涨"一类陈述加上的补充或曰注脚。于此我们也许会想起张天翼《洋泾浜奇侠》等小说中的情节，但张天翼关注的是社会批判与政治讽刺，而叶兆言却是在质疑"历史学家称为历史的那种历史",他对政治、历史之类的话语本身就不信任。

叶兆言对人们通常称作"爱情"的那种东西同样怀疑。他让书名中出现"爱情"的字样,而事实上,他的故事与其说是一阕爱情浪漫曲,不如说是对爱情二字的嘲讽,或者说他理解的爱情平淡无奇,如果其中有传奇的成分,那也充满了误会,阴错阳差,可笑而复可怜。丁问渔这样一个人物扮演起情人的角色,本身就有几分滑稽,不论以旧派还是新派——鸳鸯蝴蝶派的标准,他怎么看也叫人觉着不顺眼。一如他总是顶着那顶成为个人标记的睡帽出现的古怪形象。他的种种莫名其妙的举措无法不让人把他看成一个小丑。他的登场戏不妨视为作者对所谓"一见钟情"开的一个玩笑,他对雨媛确乎算得上一见钟情,可才子佳人式的心灵感应这里自然没有,相反,他的举措如同西洋镜,只是照出了他的荒唐。情书照例是爱情佳话中不可少又令佳话生色的,作者多次向我们提起丁问渔的情书,而他用嘲讽的口吻以间接引语的方式转述其中内容时,它们只是越发显得滑稽。还可一提的是丁问渔的情史中穿插了车夫和尚的悲喜剧,这似乎是很适于出现在"三言二拍"或民国年间社会小说里的一则故事,粗俗喧闹,带有浓重的市井气息。这主仆二人结成了一对奇异的搭档,其情形多少有些像堂吉诃德骑士与追随他的桑丘,和尚的出现使得那位情场上的堂吉诃德的故事更像是一场胡闹。确实,小说的前半部充满闹剧色彩,只是到后来,闹剧色彩才渐渐淡去,丁问渔也才慢慢从丑角的行头下走出来,显露出某种高贵:我们发现他是个真正的情种,骨子里有些贾宝玉的因子,痴到浑然忘我。(顺便说一句,也许由于前面对他的荒唐奇怪以及他的放荡经历渲染太过,从心理写实的标准看,这个人物并不令人信服。)然而这里的转折当然并不改变故事的性质，它仍然如作者所言，是一桩"非驴非马的爱情"，大悖于我们通常对爱情的理解，所以它仍然指向了爱情神话的拆解。如果说爱情，也是另一种意义上的爱情了。

如此说来，《一九三七年的爱情》的旨趣是多重的，指向历史，也指向个人意欲，同时指向二者之间的关系。它诚然算不得历史小说，同时也不是纯粹的感伤故事。——是驴子？是马？都不是，甚至也不好说它是骡子。不过四不像本身也就是一种东西。使多重旨趣获得同一性的作者的叙述姿态，我们会发现在他的历史叙述与个人叙述的画外音里有着同样的嘲弄的音调，真正将两种叙述维系在一起的并非一些情节上造成交叉的刻意安排，而恰恰是这种叙述姿态。有鉴于此，我们有理由在它们彼此取消的互文关系之外，进而怀疑其间是否还存在着某种类比——在叶兆言的意识中，所谓历史是否正像丁问渔的情史一样，充满了盲目、误会、荒唐无稽？

当然，既然我们将叶兆言"定性"为更多依凭直觉的作家，它的部分含义就应该包括上面分析的种种并非得到澄清的结论，至少不在他有力的控制之下。就他原先的"编年史"意图而论，眼前的小说只能视为一次失败，此前他还曾放弃了蓄意已久的汪精卫传记的写作，一次放弃，一次"跑题"，可能反映了他目下要正面驾驭历史尚力有未逮，也可能反映了他对历史深阔宏大的一面失于感应。他在后记中曾将此书的写作比喻为从史料海洋中的一次突围，的确形象生动，突围可以有多种方式，也许他现在还只能选择"避重就轻""大事化小"的突围方式。不过从另一角度说，他之瞄准了历史却终而把笔墨付于"大时代里一些没出息的小故事"，这一阴错阳差的写作过程本身，是否又歪打正着地暗示了他对历史的某种态度和理解呢？

同人杂志

1932年5月,《现代》杂志创刊,创刊号上有一篇《创刊宣言》,文曰:

> 本志是文学杂志,凡文学的领域,即本志的领域。
>
> 本志是普通的文学杂志,由上海现代书局请人负责编辑,故不是狭义的同人杂志。
>
> 因为不是同人杂志,故本志并不预备造成任何一种文学上的思潮、主义或党派。
>
> 因为不是同人杂志,故本志希望得到中国全体作家的协助。给全体的文学嗜好者一个合适的贡献。
>
> 因为不是同人杂志,故本刊所刊载的文章,只依照编者个人的主观标准。至于这个标准,当然是属于文学作品的本身价值方面的。

新杂志创刊,总要有发刊词之类,这篇宣言的特别处在于它一再强调《现代》"不是同人杂志",它将具有的特色皆导因于此,因此编者要以醒豁的排比的句式将这一点宣示出来。有趣的是,后来《现代》受到了一些作家主要是左翼作家的指责和批判,有说这个刊物不左不右,亦左亦右,也有把它等同于"第三种人"的地盘,以"第三种人"的理论来解释该杂志上的全部创作的,前者以同人杂志的标准来要求它,觉得它不够格;后者则非编者所愿径直将其归入同人杂志中去了,角度不同,依据是一样的。何以如此呢?施蛰存先生在回忆《现代》创办过程的文章中认为是"许多人看惯了同人杂志,似乎不能理解文艺刊物可以是一个综合性的、百家争鸣的万花镜"。同时他也遗憾许多人没看他的《创刊宣言》即遽下断语。

宣言与实际未必一定相符,无倾向本身有时也即是一种倾向——这是我们久已习惯的"辩证"逻辑。不过《现代》是否有"第三种人"的色彩另当别论,我感兴趣的倒是当时的人"看惯了同人杂志"这一事实——大约确系实情,否则《现代》的编者也用不着再三强调杂志的非同人性质了。

所以感兴趣,乃是因为这与现在的情形恰好相反。"同人杂志"对我们似乎已是一个陌生的、消失了的概念。30年代文坛中人对《现代》这样"普通的文学杂志"的出现感到诧异、不习惯,我们现在面对的则基本上都是这一型,如果现在出现一份严格意义上的同人杂志,我们倒要大觉新鲜,有些人甚至要像当年觉得《现代》不伦不类的人一样,期期以为不可了。每一个时代都有它的"常"与"变",两个时代的人不同的"习以为常",真也耐人寻味。

30年代的人对同人杂志习以为常,乃是新文化运动以后的风气使然。几乎所有新文化阵营的刊物都是同人杂志。这是那个时期"社团蜂起"的必然产物。《新青年》《小说月报》《文学旬刊》《创造》《洪水》《新月》《现代评论》《语丝》这些著名杂志不用说了，一些小型的杂志，还有一些报纸的副刊如《晨报副刊》《京报副刊》等都是同人的性质。事实上还不止于新文化阵营，文化上取折中立场的吴宓、胡先骕、梅光迪等人办的《学衡》也是同人杂志。众多同人杂志的出现，当然是因为在那样一个新旧交替的时期，知识分子急切地要求把自己在政治上、文学上、文化上的种种主张表达出来，同时环境又允许这样的表达，二者缺一不可。

同人杂志不同于商业性杂志。商业性杂志以营利为目的，遵循供求关系的原则，以读者的需求为归依，兼收并蓄，并无坚定的主张、鲜明的倾向。同人杂志则都是有倾向有主张的，这几乎是其存在的前提。以几个人为中心，号召一些志同道合的合作者，组织一个学会或社团，办一个杂志，这是同人杂志一般的情形，而每一个杂志所表现的政治倾向、文艺观点，大体上是一致的。虽则一致，同人杂志却又不同于党派的刊物。党派有严格的纪律，党派的杂志必须是党派的喉舌，以非个人的面目出现，传输党派的主张、方针、策略，其存在像是某种抽象的意志。同人杂志则是个体的集合，并无严密组织，所谓一致也只是取向的大致相同，关键是，这里"志同道合"的"合"带有更多自发的性质。

同人杂志既有明确的主张，要是其所是，非其所非，自然不同程度上有着排他性——同人杂志均追求自己的特色，而特色从某种意义上讲也就含着排他之意了。它只登那些合于同人调子的东西，撰稿人大体上就是他们自己，甚少用外稿，有的杂志干脆就声明不用外稿，或者来稿者成为新的同人。同人杂志因为各有主张，相互之间就要有冲突，而唯有在同人杂志上，争论才能毫无顾忌地充分展开。所以同人杂志层出不穷的时期，文坛上必是异常的热闹而富于活力，虽然因为无顾忌，争论有时也会沦为意气之争。施蛰存抱怨文坛上对一种"综合性的、百家争鸣"的杂志的不理解，未始不包含着对于同人杂志党同伐异的不满，当然他是针对当时清一色同人杂志的情形而言。然而一家杂志上任是如何兼容并包，都有其限度，同人杂志的锋芒和鲜锐之气不可能见到。同人杂志固然是"一家言"，然众多同人杂志的不同声音汇聚在一起，才真正构成百家争鸣的景观，在这里，同人杂志代表着每一种声音自由表达的权利。

  但是同人杂志往往都很短命，《新青年》《创造》《语丝》《莽原》等都只存在了短短数年，一些小的文学同人杂志更是旋生旋灭。其中缘由正与它的性质相关。"同人"是自由的联合体，合则聚，不合则散，一旦观点分歧，结果很可能是散伙，一群人散了伙，杂志也就难以为继了。《新青年》编辑部的分裂，语丝社的解体导致杂志终结，都是人所共知的例子。1926年，郭沫若准备复刊《创造周报》，已然筹划多时，甚至已在报上登了启事，鲁迅领衔，然成仿吾反对，同时成仿吾及他新从日本联络回国的李初梨、彭康、朱镜我、冯乃超等人对同鲁迅合作事都很冷淡，复刊事便半途而废了。

  同人杂志短命的另一原因也许是经济上的。党派的杂志有固定的津贴，商业性的杂志面向读者大众；同人杂志并无牢靠的经济后盾，有很多其资金是同人凑集的，用完不能周转了只好算数。有些固然是与书店合作，然这样的合作时因目标的不同而中止，即或书店在编辑方针上不多干预，若要老是亏本则非书店所能忍受，而同人杂志是以"我"为主，以读者为宾，不似商业性杂志的以读者为转移，所以其大多数实是面向某个圈子的，有时是很小的圈子，销量上不去，一直处在挣扎的状态，而"挣扎"总是不能持久的。

虽然如此，同人杂志的意义和影响却不能以其存在的时间长短来衡量。同人杂志往往是思想界、文化界、文学界种种变动的策源地，是知识分子自由发表见解的最佳场所，从思想史、文化史、文学史的角度看，它比其他类型的杂志扮演了更为吃重的角色。商业性杂志以不变应变，也许寿命更长，销数更大，然而我们回首过去，首先想到的，仍然是那些旗帜鲜明的同人杂志。

几则书刊广告

工商社会，产品的销路离不开广告，书刊杂志既是一种商品，自然也少不了广告的帮衬。现而今的产品广告，声光电化都用上了，五花八门，手段多样，相形之下，书刊的广告就简单得多，它基本上还是靠文字，报纸杂志上登几行，或是一张海报也就罢了。大企业的广告常要委托专门的广告公司，创意、策划、制作……复杂得很，书刊广告则不假外求，编辑即可包办。当然也有书贩"义务劳动"自撰新词，用更"原始"的近于大字报形式招摇于店门、摊上的，那又另当别论。总之书刊做广告，其形式、手段仍是传统的，至少现在的广告形式上与民国年间就没有什么差别。

形式虽一样，论水准，那可是今不如昔，这是指内容的精彩而言。我还记得40年代光华书局《围城》一书的广告，其中有"喜剧氛围，悲剧意涵"（大意）等语，寥寥数字，却是对该书风格、题旨准确的概括。良友书局推出《中国新文学大系》，广告上请各卷的编者写几句出版感言一类的话，作者都是名家，写来随意却极有意味，在当日是广告，到今日则成史料了。可惜这样精彩的广告语、这样精心的广告策划现在不多见了。

广告意在宣传，不同于批评，有批评的眼光也并不一定就能成就成功的广告。不过书籍既为精神产品，书籍广告重要的一面当然是要准确传递、描绘出书的精神，这要看编辑的手眼高低，对书的领会，而编辑要求作者提供"线索"是一条捷径。过去一直以为杂志、书籍的广告，前者不用说是编者手笔，后者也都是出自编辑之手，后来在《鲁迅全集》看到收入的自拟的广告，才知其实不然。事实上许多书的作者都参与了广告"制作"，至少是提供"素材"。徐志摩《猛虎集序》里说："在诗集前面说话不是一件容易讨好的事，最干脆的办法是什么也不提，好歹让诗篇它们自身去承当。但书店不肯同意；他们说如其作者不来几句序言书店做广告就无从着笔。作者对生意完全是外行，但他至少也知道书卖得好不仅是书店有利益，他的版税也跟着像样。所以书店的意思，他是不能不尊敬的。事实上我已经费了三个晚上，想写一篇可以帮助广告的序。可是不相干，一行行写下来只是仍旧给涂掉，稿纸糟蹋了不少张，诗集的序终究还是写不成。"此话虽有游戏之意，是文章的小品化的"起讲"，却也透露出书店之要求作者写序，还有给广告打底子的功用。徐志摩的序当然还是写成了，虽然不大像一篇"可以帮助广告的序"，倒像另一形式的《自剖》（他有篇散文题为《自剖》），因为只道他写诗的甘苦、内心的苦闷，并不介绍诗集的内容之类。自剖式的话如何做得广告的"素材"？不知道书店后来的广告是何模样，另起炉灶了也未可知。

徐志摩是诗人，自我太强，序与广告搭上界，写来就总觉"不相干"。并非所有的作家都像他这般为广告犯难。有些书店就径直把广告交给作者本人"包办"。据施蛰存先生的回忆文章，30年代，上海的小书店每有新书出版,都要作者自己拟写广告,"因为书的内容,只有作者或译者本人,知道得最清楚"。(他没有解释大书店何以没有此惯例,想来小书店出此策还是人手不够的缘故。)施先生文中抄录了柔石为其小说《三姊妹》自拟的一条广告:

> 柔石先生的创作,读者想必已在《奔流》、《语丝》、《朝花》等杂志上披读过了。《三姊妹》是他自己最满意的一篇中篇小说,内容是一个青年忽冷忽热地爱着三位娇美的姊妹,而又陆续地把她们抛弃了。文笔清丽,情景凄切,实是近年来中篇小说中罕见的佳构。

当时杂志书刊上登的广告,格式大都类此。柔石的这则广告虽是自拟,却是代书店所拟,故要化为书店的立场说话,仿佛是第三者的身份,若不是如此,其内容看起来未免就有几分自夸自赞的味道了。过去以为书的广告都是编辑所为,便是受了这第三者的语气的"蒙蔽"。现在把许多广告都推想为作者自拟,看看他们如何自我"吹嘘",倒也有趣。当然这是代书店"立言",与真实的自我评价不是一回事。既要自我宣传,又须不失之肉麻,不失自己的身份,其间的分寸是颇不好掌握的,可见广告虽是小道,写好也不易。鲁迅拟写的广告可称典范,而在当时也就有人模仿着写的,比如金性尧先生即称他当年写的几条广告是学迅翁的笔调。

也有些作家拟广告不使第三者的"障眼法",与读者赤裸相见,比如朱湘在《晨报副刊》上登的《新文月刊》出版广告:

> 我的《新文月刊》出版第一期了……这刊物我一人作文自己发行。它是我的精神日记，它记的晴便是我的笑，它记的雨便是我的泪。日记总该是私人性质的罢，读者因它见我，我也想因它见读者，所以不要分销处。

这份一人单干的刊物实在是奇特，一直想看看，一直没看到，不知第一期出版之后还有无下文，想来是难以为继的吧？这则广告也同样的奇特：是广告，似乎又隐含着对广告效果的拒绝；广告是应对公众有亲和力的，这里却一味肯定、强调其"私人性质"，实在只是作者对想象中与他声气相应的读者发话而排斥其他，有几分独标孤高的味道。不过虽曰奇特，在当日的文学青年眼中它也许并不出奇，因它与"五四"文学涕泗交零的感伤调子正相合拍。反过来说，即从这短短数十字的广告中，我们亦不难见出那个时代的一种特殊气氛。

作品反映作者、编者的趣味，有时广告亦然。与朱湘式排拒商业动机的广告正相反，处于另一极的书刊广告简直像是把商业动机写在脸上，极尽渲染夸张之能事，对读者做最直接的挑逗。《礼拜六》杂志的发刊广告中，编者王钝根即把读小说与嫖妓、听戏、宴饮同举为至乐游戏，相较之下，他向读者担保读小说乃是最实惠的消遣：

> 买笑耗金钱，觅醉碍卫生，顾曲苦喧嚣，不若读小说之省俭而安乐也。且买笑觅醉顾曲，其为乐转瞬即逝，不能继续以至明日也。读小说则以小银元一枚，换得新奇小说数十篇，一编在手，万虑都忘，劳瘁一周，安闲此日，不亦快哉！故有人不爱买笑，

不爱觅醉,不爱顾曲,而未有不爱读小说者,况小说之轻便有趣如《礼拜六》者乎?

这番"推心置腹"的劝导最后演为一句充满诱惑的广告词——"宁可不买小老婆,不可不读《礼拜六》!"事实上不用提示,单看广告本身,谁都能猜出这必出于鸳鸯蝴蝶派文人之手。新文学与旧文学泾渭分明,从广告上也就一望而知。

当然这并不意味着新文学的广告里面就不包含生意经的成分——广告的本质不能不包含着商业动机。有时候那生意经还来得很显豁。下面这则现代书局的广告是登在《现代》创刊号上的:

新性恋爱问题的伟大名著——《大学生私生活》

周起应　立波　合译

这是一部标识最高急进的性道德的小说。在这里面,有淫荡炽烈的爱欲描写,大胆赤裸的闺房光景的可惊的展开,而谋害自杀的悲剧结果,而最后指示出一种健全的同志结合为基础的恋爱理论。意识正确,风格新颖,译笔亦忠实流畅。

"最高急进""意识正确"之类的字眼当然只会出自新文学作家,特别是激进的青年作家的笔下,但若单看其中描述的几句,你几乎要怀疑这是一部色情书的广告。这本书一直想找来翻翻,一直找不到,不知广告是否是"挂狗头卖羊肉"——像如今有些书并非意在色情而广告有意误导一样。其时左翼文学运动正搞得轰轰烈烈,选择这样一本书来翻译,似属不急之务。也许只是"稻粱谋"罢。左翼作家或其他严肃作家中迫于生计、做些非己所愿的劳作的人，也是常有的，如阿英之参与标点为鲁迅所诟病的袁中郎集，诗人戴望舒在香港译英国有名的色情书《春艳浮生记》(*Fanny Hill*)，便都是为了稿费。

不过周扬、周立波译此书也可解释为意在介绍"新兴文学"。"新兴文学"在上世纪30年代是个很时髦的词，也是个很模糊的概念，受日本文学界的影响，似乎所有五花八门的新的文艺流派，不论是以政治观点上激进，内容上的大胆"尖端"，还是表现手法上的标新立异，都被视为"新兴文学"。新兴国家苏联的文学则是更标准的"新兴文学"。刘呐鸥极推崇弗里契的《艺术社会学》，同时又最醉心于描绘大都市色情生活的作品，自己却并不觉矛盾，因为二者同样是"新兴"，是"尖端"。《大学生私生活》既是苏联作家所作，题材又极"尖端"，观点又很激进，被当作"新兴文学"的一部分也是可以理解的——广告中的"最高急进的性道德"之类恰是对"新兴""尖端"的提示，而定其为"问题小说"又见出与通俗小说意趣的各别。但不论怎么说，"淫荡炽烈的爱欲描写，大胆赤裸的闺房光景的可惊的展开"这类富于挑逗意味的语句，还是有有意招摇之嫌，显然是用以刺激读者购买欲的。至于这广告是不是周扬或周立波本人所拟，那就不得而知了，虽则它与有些激进作家的夸饰的文风倒也相符。

作家与出版家

几年前在一本清末民初的杂志上看到过编辑部的征稿启事,内容大都忘了,只有说到稿酬的地方,看了很觉得特别,所以还记得。大意是若愿接受稿酬,请在文末说明,以免唐突。可知直到那时付稿酬也还没有成规的,有不少作者甚至不愿接受稿酬。大约那时不少人还有旧士大夫的等级观念,所谓一为文人,便无足观,一旦接受稿酬,如同坐实了是卖文为生,而卖文为生的人在传统社会里是被轻贱的,只有落魄者愿为,在士大夫眼中就是沦为文丐了。随了"四民社会"的渐行渐远,这旧观念是不存在了。现代印刷术的发达使出版成为一个可以获大利的行业,也使得众多的人寄希望靠写作生存了。没有人再把接受稿酬视为一种侮辱,并不以写作为生的人也不反对拿稿酬。问题倒在于稿酬的高低多寡——相对于作者付出的劳动,是否合理。

几乎没有作家不抱怨稿酬菲薄的。周作人回忆民初他在日本译书卖给商务印书馆,稿费是每千字两元,"实在是够刻苦的"。而且这是实数,即计算时要将空白和标点符号都刨去。(也不知是如何计算,将空白和标点符号逐一数去简直要用专人了,想来总是毛估吧？）这标准一直维持到20年代以后。商务是大书局，小书店的稿酬只有更低。据当时的一些史料，自撰的稿件稿费标准要比译稿高些，但也高不到哪去。以千字三元计，要想有中等的生活水平，写作的人一个月必须写几万字，而写作的收入是不稳定的，光写不行，要出版了才算数，加上稿费时有拖欠等因素，这就更见出稿酬之低，靠写作谋生之不易了。稿酬的另一种方式是版税，据赵家璧先生说言，30年代一般书店给知名作家的较好待遇是抽百分之十五的版税（鲁迅是特例，书店之间有默契，不论哪家出，都是百分之二十的版税），这在今天看似乎不算低，然考虑到那时出书的不易和印数之少，写作收入的不稳定，也还是低。所以新文学作家中除了鲁迅、巴金等人，极少有能真正以写作为生的。

稿酬是出版家付的，稿酬低是出版家付得少。不知作家与出版家可否比作劳资的双方。虽说作家自由撰稿、自由卖文，与出版家之间并非雇佣与被雇佣的关系，也没听说过作家罢写之类的事件，但出版家与作家之间的矛盾一直存在。抗战期间大后方的作家发起"斗米千字"运动便是显例。个别的不愉快以至关系紧张就更不用说了。鲁迅在书信中即不止一次抱怨北新书局老板李小峰老是拖欠版税。作家与书店之间因稿酬事弄到在报上大打笔墨官司的事也时有发生，40年代张爱玲与万象书店老板平襟亚围绕着《连环套》的一场纠葛即因稿酬而起，在小报上热闹了好一阵才平息。

初期创造社作家周全平曾将出版家对作家的苛待与资本家对工人的剥削相提并论，他以"霆声"的笔名写过一篇题为《出版界的混乱与澄清》的文章，文中痛诋书局的尽出坏书、粗制滥造、欺骗读者之余，特别举出一些具体的数据来说明他们"对于著作家的刻薄":"我们一向以为劳工被资本家剥削是太不人道的事,可是出版家对于著作家的刻薄,也并不亚于此。一本书的印刷成本,照我所知,只是书价的三成;印刷得多,还要便宜;装订和纸张粗劣些,更要便宜;著作家只拿了一成五(商务、中华的自动税例);余下的五成多,便都被出版家取去。固然,还有发行费,但我知发行费多不过二成许,而直接卖出所费更轻。这样呕尽心血的著作的利益大者都被资本家掠夺了。这还是抽版税。假若卖稿,那就更伤心:五元千字几乎是最高的价值,而真正的好作品,终著作家一生究能有几?这还是稿子能卖。假若你是一位未成名的作家,假若你没有名人给你吹嘘介绍,那么你的著作家生活便只好宣告终了。"

如何改变这局面呢?他的主张是作家与读者联手,"一方书价可以减轻,一方著作家的酬报可以较多,这因为少了一个资本家从中剥削的缘故"。他并且还想了两个法子:"一是预约法,著作家的作品经真正学术团体审定后,便招募预约,由预约款来印刷;一个是贷款法,先由喜读书和愿著述的人集些股子起来,组织一个出版机关,凡某作品审定后,便贷款于该作品的作者,助其出版,助其发行,出版机关仅取些微的手续费。"无须去推敲具体的环节,也可看出这是过于理想主义了。不过那第二条中的由喜读书者与作家集股搞出版,却是有过很多实践的。民国年间办出版社要比现在简单得多,只要有一个门市部,挂了牌,登个记,纸张、印刷装订之类可以先向相熟的纸商、印刷商赊欠,待书卖出收回成本再付,资本也无须太多,甚至百十元钱就可办起来。重要的倒是拉到几部名家名作,而这正是作家易于措手的。所以民国年间作家自己搞出版开的书店为数不少。章锡琛、叶圣陶、周予同等人的开明书店,巴金等人的文化生活出版社，老舍、赵家璧的晨光书局，邹韬奋、胡愈之等的生活书店，其他如创造社出版部、新月书店、刘呐鸥等人的水沫书店……大大小小，实在是不少。作家开书店，一方面固然是要出自己所愿出的书，一方面也是要争取著作者的权益。

但问题也并非就此即得到圆满的解决。作家既办书店，同时也就有了出版家这重身份，"在商言商"，立场与单是身为作家者即有所不同，要"出版机关仅取些微的手续费"是太不现实了。商人搞出版是为了谋利，作家办书店也要有营利的这一面。作家中唯利是图的也并不鲜见。姚蓬子本人是作家，而他办起"作家书屋"即只顾自己赚钱，毫不顾惜作家的劳动，躲赖作家的稿酬，弄得怨声载道。平襟亚开万象书店只求廉价倾销，粗制滥造，而他原本也算是个作家。当然这是糟糕的例子，实已涉及素质与人品的问题。不过即使一些文人开的声誉很好的书店也不免与作家之间有种种的纠纷。生活书店在文化界一向是口碑不错的，鲁迅因《译文》杂志出版事与书店方面就有过冲突，冲突的主要原因自然是人事的变动，即书店单方面决定撤换《译文》的编辑黄源，然在此之前，鲁迅已经因要求增加杂志经费事（编者要求增加篇幅增加经费，店方答应前一条而拒绝后者）未果而深感不满了，称与店方签合同是"忍受"了"那样苛刻的条件"。给萧军的信中更愤而指书店方面的人为"资本家及其帮闲"，"那专横、卑劣和小气，竟大出于我的意料之外……"其他文人开的书店与作家间的经济上的龃龉想来也是不免的。

老舍抗战时期没有固定收入，生活全指望不规律的稿费，对作家生活的贫困知道得最清楚，而对那些苛待作家的出版社特别痛恨，那时他常幻想着要自己办个出版社：要对作家特别优待，稿费比别处高几倍。又曾对友人说，要把版税提高到百分之二十五，书销得越多越把版税提高，可以到百分之三十，百分之三十五，百分之四十。他人以为太离谱，老舍道："有什么不可能？只要你不要存心剥削作家或少剥削些，再高也可能的，我办书店就要为作者服务，完全为作者服务。"这是完全取作家的立场，有这样的出版社，那真是作家的福音了。抗战胜利后，老舍也真的出资与人合办了一家出版社即晨光书局，不知多大程度上兑现了他的许诺。不过百分之二十五以上，乃至百分之三四十的版税，恐怕只能是老舍一厢情愿的"书生之见"，近于天方夜谭了。

不完整的书

鲁迅曾说他读书多的秘诀之一是"随便翻翻"。其实撇开翻出多少名堂不论,单说习惯,喜读书的人恐怕多半都喜欢随便翻翻的。翻什么却是没有一定,可以是部分章节、部分篇目,可以是插图封面,几条注释。不过有一项在"随便翻翻"似是题中应有,即是翻翻书前书后——序言、后记、编者例言之类。我刚开始对书发生兴趣时并无此好,一则那时正是闹书荒的年头,真正想看的书都是"文革"中幸存下来的,私下流传,利用率极高,到手的常常是没头没尾;二则看书尚在看热闹的阶段,而前言、后记中是没有热闹可看的。后来对书渐有选择,同时也不满足于书的本身,也想知道有关作者和书的背景的种种了,这就想到要翻翻书前书后。

书前书后,有时是作者的"夫子自道",有时是他人的序跋,有时是编者按式的说明,要皆能够增加读者对书的了解。这了解有一面是"艺术"性的,是关于书的内容、风格、评断之类;有一面却是技术性的,比如书的体例、版本、作者的考证等等(比如重印的旧籍)。前者常是我们愿否登堂入室的依据;后者似乎是琐屑的,却大可看作一本书有无学术价值的一项指标。如果可以把书籍比作产品,那么装帧设计就好比是书的包装,编辑例言之类则好比是说明书。名牌产品通常说明书也做得认真讲究,假冒劣货则照例马虎草率,甚而根本就没有。好"书"的情形也是一样——没有严谨的技术性交代,纵使书本身大可一读,亦不免令人多少有不完整之感。

曾在书店里见到过一本《张爱玲小说自选集》,当下莫名惊诧:张氏何曾有过"自选"之举?翻开看看,里面却有一篇"代序",是用了张的一篇自传性散文,与"自选"风马牛不相及。此外对这书就再无交代了——想交代也无从说起,因为纯是无中生有。当然这是出版社意在谋利,要求一本伪书出得严谨,也实在是陈义过高。可惜的是有些书,出版者的态度原本是严肃的,而常不免小的疏漏。

阿英的《现代六十家小品》是研究现代文学的人都用得着的书,几年前有家出版社将此书影印出版,善莫大焉。只是除了阿英的原序之外,别无出版者的说明,对该书重印的缘由、背景没有交代,不能不说是个小小的遗憾,而且重印时封面是重新设计的,并请了臧克家题写书名,阿英原序中请林语堂氏题写书名并志谢意等语便没了着落。

河北教育出版社近年推出的一套《中国现代小品经典》显然严谨得多了,不仅有钟敬文先生的总序,而且编辑例言中对选择的标准、版本的校勘、改动的情形等均有清楚的说明。这套丛书中有许多种都是早已绝版的,以原先的集子的形式收入,维持其原貌,实非眼下层出不穷的各种现代名家的选本可比(更不用说那些商家加了"潇洒人生""浪漫人生"之类花里胡哨名目的拼盘式的书了),其参考价值有目共睹。但站在普通读者的立场,其中有几种,关于作者似乎还应有简略的交代,像袁昌英、穆木天、章衣萍等人,不比鲁迅、周作人、郁达夫、叶圣陶等人的尽人皆知，在文学史上是较为陌生的名字，要知道作者的底细颇费周折，固然不是不可查，然书如大体上可做自我说明岂不更好？此外这套书中又有一种名为《北平夜话》，作者是"味橄"，这显系笔名，不要说一般读者，专门从事现代文学研究的人也未必都能对出其"真身"（最近才知道这是钱歌川30年代用的笔名），如果编者于此聊志数语，也就免得我们去猜谜了。

80年代初，商务印书馆出"林译小说丛书"，从林琴南的大量译著中选出十部，因为主要是供研究者阅读，编者还搜集了重要评论文章并制林译总目，另为一集，其严谨不苟的作风见出老字号的深厚传统，实非现而今某些投机性的出版社可比。然这套书也还有小疵，便是对所据版本和整理情况语焉不详。究竟是根据哪种版本重印的？——显然不是初版本，由竖排改横排，繁体改简体不必提，关键是林琴南译书的时代尚无新式标点符号，现在却是标点本。林译不是古籍，标点何人所加无关紧要，然对这事实捎带一句，说明何时出的标点本，对研究者多提供一点信息，岂不更添参考的价值？

近来还看到今日中国出版社的《妄谈·疯话》一书。作者老宣是个怪人，独来独往，玩世不恭，为文嬉笑怒骂，滑稽梯突，以其世故练达而好为处世格言这一面看去，他的书体制上倒是有些近于《菜根谭》一类。或许因为独来独往，新文学史固然不理会这位旧派名士，旧派文人似乎也不大提到他。文章路数既怪，作者又是昔所未闻，当然会激起了解的兴趣。这本书倒是有作者简介的，编者在"写在前面"里称老宣与厚黑教主李宗吾同为30年代的奇人怪杰，并有介绍曰："宣永光，河北滦县人，朋辈屡以老宣呼之，因以为号。学成于北京汇文书院，后自命为先知先觉，目空一切，五年之中，改换七种职业，继之先后在陆军预备学校、汇文、民大、华大、朝大、北大、铁大、平大等校任历史、地理、英文讲师……《妄谈》初版四千旋即售罄，《疯话》半月内一连四版，售出万册，一时京城轰动，洛阳纸贵。"然这交代显然是从后面老宣及他的友人当年写的序中来，对于当时的读者，也许已经够了，可是现在重新出版的书面对的是今天的读者，就显出很多的空白而不够完整。老宣后来干什么去了，是否继续有书问世，还有，卒于何年？——读来不免意下未足。

上面列举的书大致都属现代文学史的范畴，编者对版本、作者的交代有所疏漏或语焉不详，想来多少是因为总觉那个时代去今不远的缘故。事实上说远不远，说近也不近了，对于当代的读者，有些几十年前的作者也就和"古人"差不多。于此联想到古籍的出版，前面都有关于作者和书的严谨的考证，几十年前的书自不足以语古籍，但"现代"既已成"史"，重印现代的书，其技术性的说明也不妨有点考证的意味，作者应设想今日读者的了解以为度。至于作为研究的参考，我想上海书店出版的《中国现代文学史参考资料》是最好的了：全照原样复印，封面、版权页等一仍其旧，传达的历史信息多多，而外加的封套上又有面对今日读者的"复印说明"，于作者与书均一一有词条式的简洁交代。虽说涉及评断的只言片语有时不甚高明，但那是另一回事了。

社会小说的"作法"

民国时期的通俗小说中有一类,称作"社会小说"。"社会"是相对于"个人"而言,既冠以"社会"之名,当然就不是专叙个人经历,一人一事,而是写社会的众生相。这类小说的远祖是《儒林外史》,近祖是《官场现形记》《二十年目睹之怪现状》一类的"谴责小说"(其实"谴责小说"是鲁迅后来立的名目,以前也称作社会小说的)。谴责小说以揭发"怪现状"为职志,社会小说也一样——可以说是"坏人坏事"的汇编。"坏人坏事"往往是真人真事,稍稍改头换面,就写入小说中去了,没有多少"创作"的成分。

这里所谓"创作",指的是作者运用想象力,将一段素材(真人真事)充分戏剧化,成为一个有自身完整性的故事,并相应地赋予它一种叙述风格。社会小说是不足以语此的,除了张恨水、毕倚虹等少数例外,在大多数作者那里,从原始的素材到完成的故事之间的距离被减至最低程度,有时几近于无,同时这些作者也无意于风格的经营,只满足于用平铺直叙的文字做流水账式的记述。所以可以说社会小说实质上带有非文学、反文学的色彩,是最不像小说的小说——若以今日美国出版界将叙述性读物划分为小说类、非小说类的标准,则社会小说无疑将被摒于小说的门外。

我们不妨拿社会小说与其他通俗小说类型做一比较。先看《玉梨魂》一类的哀情小说。在这类小说中,作者的努力表现在对辞藻的精雕细琢上,他们用风花雪月的文字将一个简单的故事抒情化,以文辞之美征服读者。再看白话言情小说及武侠小说。在这两种小说里,作者的努力表现在对情节的惨淡经营上,他们倾力杜撰曲折离奇的情节,编造一个接一个出人意表的逆转,或者设计出种种巧合,用戏剧性的紧张吸引读者。在前一种情形下,作者的角色类于诗人或曰辞章家;在后一种情形下,作者的角色则类于过去的说书人。不管怎么说,他们之所为总还不失为文学化的努力。与之相反,在社会小说中,作者的用力方向则是非文学化的。他们大略忙于搜罗事实,而不是经营故事或锻炼文字。

作为通俗文学,社会小说与武侠、言情一样,有令读者"拍案惊奇"的效果,可读者在言情、武侠中领略到的惊奇在很大程度上是作者发挥编故事才能的结果;在社会小说中,读者的惊奇则来自材料本身的内幕性质。是故作者首先需要锻炼的功夫,是如何去找到那些耸人听闻的材料,而同行之间的竞争也在某种意义上成为搜罗奇事秘闻的较量了。这使他们在更多的时候不像小说家,倒像是新闻记者。

事实上社会小说的作者大多数也确是记者出身,李涵秋、包天笑、毕倚虹、张恨水这些社会小说的巨子或早或迟或长或短都在报馆里待过。80年代,新闻出版社重印过一批社会小说,给起了个名字叫"报人小说",正好提示了这一点。

既然是一种很特别的类型,社会小说的"作法"也就不同于一般的通俗小说。社会小说由谴责小说而来，作法可说是一脉相承。一如《二十年目睹之怪现状》这书名所提示，许多社会小说都带有见闻录的性质。一个人的阅历毕竟有限，"目睹"不足，于是益之以耳闻，再不足，则要求助于更间接的材料了。包天笑在《钏影楼回忆录》中曾记述他有一次在月月小说社向《二十年目睹之怪现状》的作者吴趼人讨教小说的做法："他给我看一本簿子，其中贴满了报纸上所载的新闻故事，也有笔录朋友所说的，他说这都是材料，把它贯穿起来就成。"

不论中外，由真实的新闻故事演化而成的小说不胜枚举，而且有世界级的名著，像《包法利夫人》《安娜·卡列尼娜》。然吴趼人所说的，只能是社会小说的做法。此老可称得上是不惜金针度人，因为作社会小说的两大诀窍——如何找到小说材料和如何处理材料——都在这里了。包天笑当时还"不曾写过那种长篇小说"，大约他尚不知道道听途说、新闻故事之类都是天生的小说材料，拿到篮里就是菜，而"创作"又是如此容易——"贯穿起来就成"。

实际的"创作"工序当然不止于此。包天笑有篇名为《黑幕》的小说，虽是戏述黑幕小说如何炮制，也可视为多数社会小说的实况，他自己后来的《海上春秋》亦不能免于此讥："你要看报时，就留心报上的本埠新闻和那种小新闻，这里就有许多黑幕在内。……那报上所登不过寥寥三数行，他便装头装脚，可以延长至一万余字，至少也要数千字……你别小看那报上所登寥寥三数行，这便似药房里所卖的牛肉汁一般，只用得一茶匙，把开水一冲，便冲成一大碗……你想以上海之大，奸盗淫邪之多，社会之复杂，一天里头，总有一两条够得上做黑幕材料的，这可不是用之不尽，取之不竭吗？"由"三数行"变成几千至一万字，虽然是"贯穿"以外的功夫，但正像包天笑很形象地形容的那样，这不过是敷衍拉长而已，而将这几千至一万字的短篇串联起来，也就是社会小说了。

路滨生所编《中国黑幕大观》系报纸上"摘奸发伏之笔记"的汇集。这种笔记也就是吴趼人簿子上剪贴的那一类新闻故事了。且摘"学界之黑幕"中的一篇：

实用人造棉花函授学校

黄亦图曾毕业于高等小学，肄业于工业学校者二年。辍学后，无所事事。时沪上正风行人造棉花，而函授学校林立。黄既稍受工业知识，乃购一人造棉花讲义，参与工校讲义，自行编辑，换以可以通用之字句，加以点缀，居然亦成自己之著作权矣。黄本沪人，乃悬牌于其门曰"实用人造棉花函授学校"。再于每报登载广告，略谓请名流某主任教授。以提倡实业起见，学费每月只收一元。更请人就近给发传单。于是来学者以其较他校函授费廉，纷纷投函。而黄编讲义也，会计也，收发也，一人而兼之，颇有山阴道上应接不暇之概。如此，得两千余元之多，忽然中止，杳无音信。后学者试其术，竟无一效者。赴其地而问其人，则曰此人家住宅也，向无此学校。吾友孙桂笙君，曾投其网，为吾述之。

这个故事可以看成社会小说的雏形，铺陈敷衍一番便可成为社会小说故事链条中的一节。事实上类似的招摇撞骗故事在许多社会小说中都可见到一二，只要和上面的这则故事一加比照我们就会发现,剥去最起码的小说伪装(给人物写上刻板的对话、简单的动作、背景等等),它们立刻就可以"还原"为报纸本埠新闻栏中的消息。

绝大多数社会小说都是同一题材或同一类题材的新闻故事的连缀,它们因此很像关于某界(学界、军界、商界,还有所谓"嫖界"等等)内幕的新闻综合报道,——很容易让我们联想起目下常在书摊、报摊上看到的所谓"纪实文学"。

尊卑有序

通俗小说有很多类型，一种类型的小说提供的趣味往往为别种类型的小说无法代替。读者往往也对某一类小说情有独钟，虽说看"言情"者并非一定不看"社会"，看"社会"者未必不看"武侠"。照一般的推断，读者群的偏嗜有地域因素："自说部发达，其势力遍于社会，于是北人强毅之性，濡染于《三国》、《水浒》诸书；南人以优柔之质，寝馈于《红楼》、《西厢》等籍。"民国时代"北方人可怜南方人太文弱，便教给他们许多拳脚：什么'八卦拳'、'太极拳'，什么'洪家'、'侠家'……南方人也可怜北方人太简单了，便送上许多文章：什么'……梦'、'……魂'、'……影'、'……泪'，什么'外史''秽史''趣史''秘史'……"鲁迅的话虽是讽刺语，却也道出部分实情：民国时代，"武侠"的作与读，其风气在北方更盛；"社会""言情"则在南方有更大的市场。但是以今日女性读者对言情的热衷、男性读者对武侠的狂嗜，我们仍可推断各类小说的读者群带有性别化的意味：女性读者极少有机会在公共生活中扮演角色，她们更关心的是个人生活及情感，因而喜读言情小说；男性读者的角色较为"社会化"，因而更喜将"社会小说"中的种种"黑幕"

引为谈资。"武侠"所写较为玄远,但侠士闯荡江湖的举动显然与男性的身份及他们对英雄的向往更具对应性,所以当然也是"男人的世界"。

不论是南人、北人,不论是男性读者还是女性读者,这里的选择均是以趣味为归依。我们不知道他们对各类小说之优劣是否有所轩轾——社会小说是否比"言情""武侠"更有意义?"言情"是否比"武侠"更严肃?当读者大众说某类小说"好看""有意思"时,这是指其更适合自己的口味,而不是在做价值评判。

然而可以肯定的是,在许多鸳鸯蝴蝶派小说家的意识中,不同类型的小说尊卑有序。尽管新文学作家立于新的意识形态的立场上,认为鸳鸯蝴蝶派的各类小说专供娱乐消遣,且充满封建毒素,都是一路货色——言情不脱旧的道德伦理,"社会"实际上是导人作恶,武侠则形同麻醉剂,一样的糟糕,一样的要不得,因此一概痛加挞伐。鸳鸯蝴蝶派作家根据旧的标准,于各类小说却暗有褒贬。

按照不成文却彼此心照的标准,"社会"最有身份,"言情"次之,"武侠"则最不足道。艺术的高低不在考虑之中,虽然范烟桥所谓"社会小说最难大气包举"似乎涉及写作的难易,但这里尊卑秩序的排定主要关涉的是各类小说的"意义"或"严肃"的程度。确定意义的有无高低,不外两个方面:其一,是否"有益世道人心";其二,是实有其事,还是荒诞不经?这无形尺度的形成,近可归于晚清"小说界革命"的影响,远可追踪至传统的文学观念。

在文人士大夫看来,小说最可诟病者是它的诲淫诲盗,他们假定读者必然要模仿书中人物的言动,读《西厢记》《红楼梦》者不免自作多情,兴淫欲之思;读《水浒传》者不免心慕绿林,"以武犯禁"。

梁启超虽然尊小说为"文学之最上乘",但那是小说理应达到的高度,中国旧小说所起的实际效果却证明它不能撇脱诲淫诲盗的嫌疑:"吾中国人状元宰相之思想何自来乎?小说也。吾中国人才子佳人思想何自来乎?小说也。吾中国人江湖盗贼之思想何自来乎?小说也。吾中国人妖巫狐兔之思想何自来乎?小说也。"提倡"新小说"的另一人物陆绍明曾说道:"中国白话小说,不外乎情、勇。如历史小说,亦注意于勇;诲淫小说,亦注意于情。"这里虽是泛指所有旧小说的倾向,但一意对"情""勇"大书特书的有"言情""武侠"味道的小说定为梁启超等人所不喜,却是不言而喻。

要使小说担当起改良社会、开启民智的责任,小说就应当更多地关及"群治",关及国计民生的大问题。与之相比,男女之私与匹夫之勇又何足道哉?在此主张之下,小说界革命初期,各种远离"情""勇"的小说纷纷出现,社会小说也在这气候下登台亮相。尽管梁启超最推崇的不是暴露性的"社会"小说,而是直接带有宣传鼓动色彩的"政治小说""理想小说",但社会小说对时弊的针砭、对政治的抨击,显然比言情、武侠之类更合于"新小说"改良"群治"的宗旨,所以在"小说界革命"倡导者中仍然得到肯定和鼓励。《官场现形记》《老残游记》《孽海花》等书的成功,更使社会小说身价俨然。人们可以争辩说,言"情""勇"的小说经革新后也可以移风易俗,成为"演进群治"的基础。既然旧小说中充斥的"面若冠玉,唇若涂脂"的中国式美男子适足以见出"吾国民以文弱闻"(苏曼殊语),武侠之"勇"稍稍纳入正轨岂不可以给国人注入"阳刚之气"?既然才子佳人小说之言"情"往往入于"诲淫",为何不多加改造,使之"情而不淫"?

但小说界革命的倡导者若不是未能注意及此，便是认定旧小说积重难返，实难加以改造。更重要的是，他们最为关注的不是小说本身，而是小说与"群治"亦即社会改良之间的密切、直接的关系。他们要通过小说将人们的视线引向社会，而不是个人道德的改造。因此晚清小说界出现的一个奇特现象是："两性私生活描写的小说，在此时期不为社会所重，甚至出版商人，也不肯印行。杂志《新小说》、《绣像小说》所刊作品，几无不与社会有关。"另一家有名的小说杂志《月月小说》的编者在划定稿件范围时，除举出历史小说、家庭小说及科学、冒险等外，特别提请投稿者注意："艳情小说一种，亦必轨于正道者方入选焉。"若非武侠小说当时正处于奄奄待毙的状态，可以料想也会受到类似的警告。

"鸳鸯蝴蝶派"作家与晚清一代作家有着血缘关系，尽管他们对"群治"已经逐渐失去了兴趣或者根本表示漠然，但"小说界革命"确立起来的标准至少在理论上是不可动摇的。既然小说地位的提升跟那些"与社会有关"的小说类型的出现密切相关，这些小说的尊严便不容置疑，而我们知道，它们当中唯一"幸存"下来，并在民国时期大行其道的，便是社会小说——社会小说在鸳鸯蝴蝶派作家心目中地位高于其他，也是无怪其然的。

不仅如此，社会小说作为批评社会的一种绝好工具，在晚清作家手中发挥着某种"载道"的功用，这就使它又得到了正统的"文以载道"观念的有力支撑。鸳鸯蝴蝶派作家的许多社会小说尽管已经由谴责走向世故，在讽刺、谴责社会方面有名无实，甚或"挂羊头卖狗肉"，但在惯例的庇护下，他们仍然可以较为容易地标榜自己不失"载道"之旨，且可获得某种心理上的平衡。所以在鸳鸯蝴蝶派作家中间，受到普遍推崇的，多是社会小说，而以写社会小说出名的作家，如李涵秋、包天笑、毕倚虹、张恨水等，似乎也受到更多的尊敬。有些作家所作某些作品分明不属社会小说，也硬要为其贴上"社会"的标签。叶小凤（即后来的国民党要员叶楚伧）有一本《古戍寒笳记》，写明末豪杰啸聚江湖，图谋举义抗清事，本应归为"武侠小说"；张恨水的《热血之花》《巷战之夜》，冯玉奇的《忠魂鹃血》，以抗战做布景写男女主人公的悲欢离合，实为言情小说，然而都被标为社会小说，显然是要凸显标榜其严肃性。这也从一个侧面暗示了社会小说在该派作家心目中的分量——似乎只有与"社会"沾上边，小说的严肃性才可得到一点保证。许多年后，范烟桥撰写旧派小说史时，仍提请我们对社会小说特别加以注意。

与"言情""武侠"相比，社会小说在另一方面也更符合或接近正统的小说观念。中国正统的小说观，一言以蔽之，即小说乃野史。小说的消遣娱乐的功用虽被文人承认，但那如果是一种价值，也是消极的价值，只有作为野史，小说才得到正面的肯定，要为一部小说存在的合理性辩护，旧文人惯用的做法是声称其如何有凭有据，足以补"正史之阙"。许多社会小说都是有意识地当作"野史"来写的，所以有数不清的"……外史""……新史""……小史""……艳史"。在作者的自序及请他人所做的序跋中，经常可见到"自从盘古开天地，三皇五帝到如今"式的对"野史"观的长篇演绎。

鸳鸯蝴蝶派作家认可社会小说的意义，恰恰是与其包含的"事实"密切相关的。社会小说的作家往往以在小说中包容更多的事实为能事，而事实的成分越多，提供给读者做索隐的机会越多，小说也往往越能够赢得同侪的喝彩。"史"之能成为"殷鉴"，正因为史是事实的实录,而唯有事实才提供真实的教训和意义,虚构是无稽之谈,自然无意义可言。1985年左笑鸿为新版《春明外史》作序,篇名三个字——"是野史",这固然是对该书性质的一种陈述,但他言明该书"并非只谈男女关系等等",亦未尝不含有褒扬之意。社会小说合于正统的野史观,不能不是它在鸳鸯蝴蝶派作家心目中占有尊贵地位的理由。

不论从"载道"的角度看,还是从"补正史之阙"的角度讲,"言情""武侠"都是不合格的。诲淫诲盗的罪名已然将这两类小说判以极刑,而它们固有的传奇化倾向又与"野史"观背道而驰。但是,我们如果可以对"野史"观做稍微宽泛一点的理解——除了对事实的执着之外,也将它看作是对"写实"(不是我们通常理解的写实主义,只是对事实的趋近,或者说比较容易当作真事来接受)的某种要求,那么"言情"远较"武侠"有更多的"写实"色彩。写《玉梨魂》的徐枕亚在诗中含蓄地供认此小说乃是自传,并在《血泪鸿史》中有更直接的表白。同时期的哀情小说家或声明小说中的故事系从某位朋友处听来,或说明其书乃是自况,这一切不仅刺激读者的兴趣,而且使小说因述"真人真事"隐然具有了某种严肃性。因为所写为现社会中事,趋近于"写实","言情"还经常有机会与"社会"结盟,《春明外史》与毕倚虹的《人间地狱》都是显例。

很难说因为这些原因,"言情"作为一种类型即可多得到几分尊重,但千真万确的是,"武侠"因为远离"事实",神乎其神,作为"类"在他们心目中比"言情"更无"意义",也更容易遭到指责。他们也许会对某位武侠小说家的才华大加赞赏,但心底里未必认可其作品有"意义",而作者本人往往也抱同样的看法。要说明自己的武侠小说迥异俗流，非"托体卑微"即可等闲视之，作者的唯一办法是声称其作有"寄托"，但这只限于附会史事或有民间传说因由的作品——因为多少有点"事实"。那些放胆虚构、驰情入幻的作品则因为"荒诞不经"而没有资格做类似的表白。张恨水谈及自己的武侠小说时说道："这部《剑胆琴心》里，没有口吐白光，飞剑斩人头之事。"言下对内容玄远怪异的"武侠"颇为不屑，这恐怕也代表了多数"严肃"的鸳鸯蝴蝶派作家的意见。

　　甚至身为武侠泰斗的还珠楼主对自己的武侠小说也心存鄙视。贾植芳先生在《狱里狱外》一书中写到与他的交往，还珠曾要把他的一部社会言情小说拿给他，请他"无论如何抽空看一下，它凝聚着我的感情和心血"，至于他写的其他东西，他则说是尽可不看。他说的那部书是以他和妻子的婚姻经历为题材的《轮蹄》，出版后并无多大反响，与《蜀山剑侠传》《青城十九侠》等武侠小说相比，对读者的号召力差得远了。还珠独为自己的武侠感到内疚，亦可见这一类在他心目中最是要不得。50年代初他在报上公开做过检讨，这多半是迫于时势，不过他私下也曾"诚恳地"忏悔旧作散布了怪力乱神的毒素。大概他那时真的以为"荒诞不经"意味着迷信，虚构意味着骗人。他做梦也不会想到，20世纪的西方人居然会把"荒诞"当作文学的旗帜挥舞，而武侠小说中的"荒诞"有时也可出人意表地展示人性的深度。

通俗作家的自卑心态

记不清在哪家杂志上读到过一篇介绍美国作家生活状况的文章，所谓作家，是凡以写作谋生者——不单是搞创作的，还有记者、专栏作家、自由撰稿人——都在内的。这个行当竞争相当激烈、残酷，且没有多少"油水"，统计数字表明，他们的平均年收入只得两万多美元，参照一般美国人的生活水准，他们只可算是"贫下中农"。这颇出人意料，同时也就说明卖文为生的艰难，文人意味着受穷，其情形中外是一样的。我一直想知道三四十年代中国作家的收入情况，可惜那时候不可能有这方面的统计数字，从各种史料里可以知道的，只是一些个别的情形。当然文人都是"个体户"性质，差别很大，且有些人有固定职业，并非纯粹是卖文为生，所以难以概述。

我的好奇，还有一端是通俗作家与严肃作家之间，这方面是否有群体性的差别。照理说，通俗作家读者众，而且写得滥而多，称得上"规模经营"（新文学作家中，巴金、老舍要算多产的，但比之于鸳鸯蝴蝶派作家的"高产"，简直就算不了什么，翻翻鸳鸯蝴蝶派的作品编目，该派作家几乎个个是"著作等身"），应该比严肃作家状况要好不少，其实不然。30年代上海有个顾明道，先是言情，后是武侠，写了一大堆，还都写出了名气，他的《荒江女侠》更是曾经风靡一时，连载、单行本，还被搬上舞台银幕，可他的生活一直很窘迫，最后是贫病而亡，病重之际，同行还在杂志上登启事，为他治病募捐。还珠楼主李寿民，要算武侠小说的巨擘了，一部《蜀山剑侠传》，令无数读者倾倒，一版印万册，数日内就销光，号召力如此，书局老板请他专心写稿，许诺的条件也不过"维持生活不成问题"。张恨水稳坐言情小说家的头把交椅，写作又极勤，往往有好几部长篇同时在报上连载，可景况也好不到哪里，照自传里的描述，有时还颇拮据。名家尚且如此，其他人也就可想而知，看来不论严肃作家还是通俗作家，卖文为生，总是艰难。

然经济上虽是彼此彼此，严肃作家与通俗作家的社会地位则有高低之别。在上流社会眼中，或者新文学作家也没有身份，但鸳鸯蝴蝶派作家却更是等而下之。这与他们各自在社会结构中的位置，与他们扮演的社会角色大有关系。传统社会中，读书人也分三六九等，上者学而优则仕，是文人士大夫；中者虽做不了官，大小也有个"功名"，亦且薄有家产，还算耕读之家；而无任何功名，又无家产，单凭了笔墨口者，那就是地道的"落魄文人"了。到了清末，科举废止，读书与做官已无必然联系，我们不好说新型知识分子是文人士大夫在现代社会中的对应物。不过他们仍比较容易得到社会的承认，留洋、毕业于高等学府、接受过较完备的现代教育，这些在社会人的眼中未尝不是另一意义上的"功名""举业"。作为群体，新文学作家恰是新型知识分子的一部分，"五四"那一辈的作家中，许多人有留洋的经历，不少人身为高等学府的教授，知识界、文化界的头面人物，30年代的作家虽受教育程度下降，"功名"有所不如，然大多也还是学校里出来。鸳鸯蝴蝶派作家则大多无"功名"可言,只有极少数人受过正规的现代教育,多数是"自学成才",比之于"落第秀才"也许不当,但总也是旧时下层文人如熊大木、冯梦龙一流的后继,处在某种社会成功的序列之外,或者是边缘了。

新文学作家以社会精英自视,通俗作家则不敢做此想。从来也没有人当真以为通俗作家可以算作知识界文化界的一部分。新文学作家在政治文化上有发言权,与社会权力结构之间有制衡的关系,在非常时期(像北伐时期、抗战时期),不少人还有参政议政的可能,通俗作家则限于背景亦限于自我的认定,一直安于扮演公众娱乐人的角色。不管是从社会地位还是从自我意识上看,通俗作家倒真正是混同于普通老百姓的。新文学作家有在"庙堂"者、在"广场"者,亦有在"山林"者,总之异于大众,通俗作家则是混迹于"民间",——他们本身就是市民社会的一部分。也为此,不单社会上不把通俗作家当回事,受其暗示,他们自己在新文学作家面前,无形中也有低人一头之感。

鸳鸯蝴蝶派作家不同程度地存在着自卑心态,当然还同"五四"时期新文学作家对他们的批判有很大关系。在那场批判中,雅俗之辨全然转换为"新"与"旧"、"进步"与"反动"的对立,"新"与"旧"不是一种陈述,而被赋予了明确的价值判断(虽然"雅""俗"二字本身也隐含着价值的判断,但相比起来,"新""旧"在那时无疑被赋予了更决然的道德意义),这种判断至少在理论上是被社会所接受了。鸳鸯蝴蝶派在读者中的市场其实并未因此萎缩,然读者的众多并不能给他们自信,在舆论上,他们确乎像是"道义"上的输家。不管怎么说吧,鸳鸯蝴蝶派作家的自卑是显而易见的,这只要看看他们与新文学作家之间的相互态度即可了然。在两派作家的对垒当中，新文学阵营一直取攻势，咄咄逼人；鸳鸯蝴蝶派作家时或反唇相讥，却总是取守势，事实上是止于招架，而且虽然心下不服，格于时势，他们有时也不得不接受新文学的某些标准，比如不少人就承认新文学思想意识的进步。除了作为攻击的箭垛，新文学作家意识不到通俗作家的存在，事实上他们从来没有把通俗作家当作对手。既是居高临下的姿态，通俗作家对他们有何评价，他们自然不以为意，得到对方的称许，也不会引以为荣。鸳鸯蝴蝶派作家则不同了，一方面他们对新文学作家格格不入；另一方面他们对来自那一阵营的议论似乎并非无动于衷，如果能得到些许的肯定，还不免有几分得意。

  周瘦鹃在鸳鸯蝴蝶派中颇有盟主的意思，曾主编新文学家抨击最烈、视为游戏倾向代表的《礼拜六》杂志，又曾主持《申报·自由谈》，黎烈文便是从他手中夺了这阵地。他与新文学阵营算是早就结下"梁子"了。不道他翻译的"欧美名家短篇小说丛刊"，曾得到鲁迅的肯定。鲁迅称此书"用心颇为恳挚，不仅在娱乐俗人之耳目，足为近来译事之光。……当此淫佚文字充塞坊肆时，得此一书，俾读者知所谓哀情惨情之外，尚有更纯洁之作，则固亦昏夜之微光，鸡群之鹤鸣矣"。这是1917年登在《教育公报》上的评语，其时鲁迅在教育部供职，写评语大约也是他的"公事"，评语确也有例行公事的味道，而且使用的也非新文学的尺度，未尝不是矮子里拔将军的意思，其实周瘦鹃倒正是评语里指斥的"哀情惨情"的作手。但鸳鸯蝴蝶派中人对这段故实却颇是乐道，不单周本人，范烟桥、郑逸梅等人也都曾提及，言下不无沾沾，似乎是给鸳鸯蝴蝶派的不良形象带来些许亮色。

在鸳鸯蝴蝶派作家中，张恨水应算是自矜自信、自视甚高的一位，而他对与新文学阵营间的遇合，也很是看重。他在《写作生涯回忆》中写到"一个意外的遇合"，"就是提倡新文艺的《晨报》，也约我给他们写个长篇，于是我为他们写了一篇《天上人间》"。此事很可能是一场误会(参看《雅俗之间》一文)，然张恨水特记下此事的本身，则见出他是将这"遇合"视为对他的某种承认，他的当即应命表露出他获承认的欣喜。如果一位新文学名作家接到鸳鸯蝴蝶派杂志的约稿，会做何反应？怕是置之一笑，再不肯"沾腥惹臊"的吧？

张恨水的"遇合"是误会，鲁迅肯定的是翻译，新文学阵营对通俗作家实在极少"假以颜色"(抗战时期，张恨水的《八十一梦》等作受到称许，实出于某种"统战"的需要，又当别论)。而鸳鸯蝴蝶派作家中像张恨水那样当真把自己的写作当回事的，少而又少。他们大多取玩世不恭的姿态，一方面为博得的"俗"名自得；另一方面又时而要撇清，大有堕入此道乃不得已而为之之慨，比之于新文学作家良好的自我感觉，差得远了。新文学家中有过去也属鸳鸯蝴蝶派中人者，比如刘半农，其"转向"在他似有"从粉头堆里跳出来"的意义，他自己就羞言过去，而投身新文学毋宁是修成了"正果"。亦有曾经向往新文学而终入于通俗的，那情形就两样了，其自我感觉，也就同堕入风尘差不多。白羽(本名宫竹心)是武侠高手，三四十年代与还珠楼主、郑证因、王度庐、朱贞木一道，有"北派五大家"之称，一部《十二金钱镖》曾令无数读者如痴如醉、欲罢不能，然他早先原是新文学的崇拜者，地道的文学青年，曾经写信向鲁迅请益，还到八道湾去拜访过，以他当时的热衷，甚至想弃了职业报考师范，并以文学立足。我们在《鲁迅全集》还可见到1921至1922年间鲁迅给他的六七封信。从中可知鲁迅曾借他书籍杂志，推荐他及友人的小说、翻译到报上发表，且曾对他弃职从文的打算提出忠告："先生想以文学立足，不知何故，其实以文笔作生活，是世上最苦的职业。"看来他并未接受鲁迅的忠告，1926年前后在《国民日报》做编辑，后又任《世界日报》副刊的特约撰述，写一些文史掌故之类，总之是在笔墨里讨生活。他想必对鲁迅之言深有体会。有意思的是，他写新文学没写出名堂，写起了武侠小说，并且一举成名。但是写武侠的名声看来并没有给白羽带来多少安慰，相反，他在自传性的文字中一再强调，他之写武侠，是因为沦陷时期生活的百无聊赖，他志不在此。言下流露出他对武侠之类心存鄙视，似乎也不甘读者将他当作纯粹的通俗小说家看待。其自卑心态，于此亦可见一斑。

现如今的情形与那时已大不相同，通俗文学的行情一直在看涨，其存在的"合法性"是严肃作家也接受了的（新文学作家则是断然拒绝），不少严肃作家甚至也在尝试走通俗路线。可是雅、俗的界线仍在，对通俗文学的接纳仍显得勉强，写通俗文学被理解为一桩有实惠而无面子的事。几年前在坊间看到过两种书，一本名为《作家忏悔录》，作者自称原是写纯文学的，书中抖落种种文坛黑幕之余，对自己落到写通俗小说，表露出夸张的忏悔之意。另一本叫《无法悲伤》，作者田雁宁是曾经走红的"雪米莉"组合的要角。书前不惮其烦一序再序，甚而三序四序，每一序中皆强调该书的严肃性，提醒读者不可等闲视之。作者对"雪米莉"的成功不无得意，同时声明"雪米莉"乃是手段，求得物质生活之保障也，他在文学上真正的抱负，"一生的宏愿",还在"写出一部或几部严肃和深刻的厚重的新颖的长篇小说",也即是说,他其实是"身在曹营心在汉"。

两作者一为自己的"降格"去写通俗文学而做伶仃叹;一为进军严肃文学,为自己的"向上"之心而发豪语,其自我辩护的动机则一。其中透露的,依然是通俗作家的某种自卑,至少是理不直气不壮。看来"雅""俗"之辨仍是难以动摇的——虽说这也未必就是坏事。

雅俗之间

自《新青年》树起"文学革命"的大旗之后，文学即有了新旧之别。"物以类聚，人以群分"，写作的人也成了两派，阵线分明，形同冰炭。两派各有各的地盘，旧派文人不会在新文学家主编的杂志上出现，新文学作家也决然不愿自贬"身价"，到《小说画报》《礼拜六》这类鸳鸯蝴蝶派作家"把持"的杂志上亮相。有些阵地，一经主编易人，作者队伍即大换班，像沈雁冰之接掌《小说月报》，黎烈文之取代周瘦鹃主持《申报·自由谈》后，旧派文人便立时从上面消失了。若各自的出版物上出现对方的某人某作之名，那也必是供"批判"之用。

这情形要到抗战时期，由于特殊的政治形势，才有所改观，但那也限于政治上的"统战"，文学上新旧雅俗之辨依然存在，新文学作家对通俗作家的宽容多是礼貌性的，在国统区是如此，沦陷区也一样。40年代柯灵从陈蝶衣手中接编商业性杂志《万象》，很快就将其变为新文学的地盘了。唯其如此，在张恨水的《写作生涯回忆》中看到下面的记述，不免有几分意外。张恨水写到《春明外史》"树大招风"，受到一些人的"竭力攻击"之余，不无自矜地提到一桩

"意外的遇合"："就是提倡新文艺的《晨报》，也约我给他们写个长篇。于是我为他们写了一篇《天上人间》。"后因《晨报》停刊，小说未写完。《回忆》一书附的"张恨水先生小说创作年表"中也列入该小说，"1926—1929年北京《晨报》、无锡《锡报》同时载，未创作完"。

受好奇心驱使，到图书馆查资料，也就记着要顺便将《晨报副刊》找来翻翻。因为果如张恨水所说，则新旧文学家虽在公众面前剑拔弩张、针锋相对，有不共戴天之势，其实也不是绝对不相往来的了，而在对垒中一直取攻势的新文学一面，特别是像《晨报副刊》这样的重镇对"封建文人""折节"相邀，似乎尤其有意思。

但是费了不少时间，《天上人间》终于没查到。我怀疑张恨水是不是记错了——虽说张既是将它当作一桩意味深长的"遇合"特意提及，似乎不大可能出错。但翻看《晨报副刊》的结果倒也不是一无所获：我发现至少《晨报》邀张恨水这样的旧派作家写稿是可能的，证据是1925年10月以后的《晨报副刊》上已不断有一些颇多"鸳蝴"意味的长篇连载出现了，比如绮青的《如此家庭》《江亭恨》《堕落青年》等等，与新文学作家的作品迥异其趣，没有新意识形态的背景，态度则是新文学家痛斥的"游戏消遣"，其实不必说这通俗的趣味如何与新文学高蹈的启蒙立场相对立，单是它们采用因袭的古白话，且间或还用回目这一点，即为当时的新文学作家所不取。

至于这些旧派小说的出现能否视作新文学对旧文学态度有所缓和的某种迹象，则又另当别论。自孙伏园主编《晨报副刊》，该刊遂成为新文学的阵地，其后有人事变动，到1925年10月，副刊始由"新月派"的徐志摩主持。"新月"与孙伏园所属的"语丝派"曾有论争，其坚持新文学的立场却是无可怀疑。但到这时《晨报》办副刊的方针似已有微妙变化，即从原来的面向知识界、文化界转而同时也争取市民读者。当时的启事云："本刊从十月一日起改订今式……总目录内容，分为讲演、译述、论著、文艺、诗歌、杂纂等，归徐志摩君主编。又国际周刊由渊泉君主编，社会周刊由勉己君主编，家庭周刊由德言君主编……"在此之前，除孙伏园主持的副刊之外，尚有《新少年旬刊》《文学旬刊》《艺林旬刊》，都是报馆邀新文化方面的人物主编，这时不知何故"经与各发起人商定"，一律停掉了。改设的几个周刊由报纸正张之各部主任编辑。

几位主编不知底细，不过几种周刊，尤其是家庭周刊的通俗性质不难看出，其中刊载者多是生活知识、消遣娱乐方面的内容，诸如儿童游戏、谜语、牙刷与漱口、西洋菜的烹调之类。故其时的《晨报副刊》已不完全是新文学作家的辖区了，而绮青等人的旧派小说即是登在家庭周刊里的，而且篇名之前也像鸳鸯蝴蝶派杂志的一般体例一样，冠以分类标签，这里是要吻合周刊的性质，都标作"家庭小说"。徐志摩主编的副刊内原本就发小说，这里却要"节外生枝"，更显见得主持人也明白，虽然同是小说，绮青们与徐志摩邀来的沈从文、黎锦明等新文学家所作，还是性质各别。——通俗小说的确是上了《晨报》，只是在同一家报纸上，雅俗之间却又是界线分明的。至于报馆方面何以要部分地改变方针，想来总不外是经济效益方面的考虑，在这方面，作家、学者与商家的立场总是有差异的。

写到此我忽然想到，张恨水的记忆也许并不错，因为还有另外一种可能，即除了副刊之外，《晨报》的正张上也有小说连载，而《天上人间》登在那里。不过不想再费神去查阅，对于我想弄明的问题，眼下的"考证"也就足够了：不管怎么说，张的自喜怕是要落空，即使《晨报》向他约稿，那也是报馆方面的意思，而不可能是新文学家对他青眼相向。

旧武侠·新武侠·超新武侠

哪个国家都有通俗小说，其类型也大体相仿。然而武侠小说却是中国独有的，只此一家，别无分店。有意思的是，武侠小说虽系"国粹"，"武侠"这个复合名词却很可能是原料出口经日本人组装后再返内销的舶来品。无须再往远里说，"武"与"侠"在韩非子"儒以文乱法，侠以武犯禁"一句里就已捉对出现了，可合两字而成"武侠"，却是日本人的专利。戊戌变法失败后，许多反清志士流亡日本，痛定思痛，深感民族之颓靡积弱，遂倡言"鼓吹武德，提振侠风"，甚而号召"以侠客为主义"。大约日本人所用"武侠"一词很对胃口，便在这些流亡人士和留学生中相继被采用，其后又经他们传回国内。这段时间，梁启超等人正在不遗余力地发动"小说界革命"，既然谭嗣同"拔剑欲高歌，有几根侠骨，禁得揉搓"的诗句表达的是一代人特有的共同心态，他们以小说来鼓吹侠客主义，便是顺理成章的了。于是"武侠小说"应运而生。清末民初的小说杂志上常有政治小说、科学小说、军事小说、侦探小说等栏目，而"武侠小说"也是其中极醒目的一栏。

虽然"武侠小说"之名出现得很晚，中国古代文学中对侠义之士的描摹颂扬却是源远流长。如若要找血脉，续家谱，来一番寻根，则远有《史记》中之"游侠列传"，中有《虬髯客传》一类的唐人传奇，近有《水浒传》《七侠五义》等白话章回小说，都可在不同意义上视作武侠小说的祖先。但那实在说来话长，如果不搞追认，就事论事，对"武侠小说"之号而入座，那么此种小说的"正传"就当从1932年出版的平江不肖生的《江湖奇侠传》入题。这以前，标为"武侠小说"的长篇短篇林林总总出过不少，可都影响不大，且尚未具备其作为一种小说类型的独立品格，而作者的名声往往也在其他方面，写武侠不过是他们的余兴节目。

平江不肖生是第一个主要凭武侠扬名的作者。他的《江湖奇侠传》一炮打响风靡读者，其后又被搬上舞台银幕，名为《火烧红莲寺》，可说是为武侠小说打开市场热热闹闹开了张。这部小说一方面承接罗贯中《三遂平妖传》的剑侠传统；另一方面又糅合了清末民初湖南地方的乡野奇谈、宗族械斗、帮派火并等奇闻轶事，更杂以对江湖勾当、武功技击、法术等等绘声绘色的渲染，侠客、术士一齐登场，演出一幕幕火暴炽烈的"武戏"。构成日后武侠小说的种种要素在此书中可说已是诸般齐备，写武侠的套路也大体成形了。

写《江湖奇侠传》的同时，不肖生还写了一部"为近二十年来侠义英雄写造"的《近代侠义英雄传》。此书从谭嗣同慷慨赴死写起，引出清末豪侠大刀王五，复详述大侠霍元甲的生平事迹，最后以霍为日本人杀害作结。这里不乏表彰侠烈、高扬民族精神的意思，所穿插的历史事件、叙述的人物大都有历史根据。内容不似《江湖奇侠传》芜杂，结构也要紧凑完整得多。《江湖奇侠传》是"虚"，《近代侠义英雄传》则偏于"实"，可说是为武侠小说铺陈了另一种路数。

但是后者远未获得前者引起的轰动，这可能暗示了读者大众对武侠小说的胃口大体上已经定位在"虚"的一面：是否有"寄托"，是否有史实作底本都在其次，关键是要提供热闹紧张的情节，以及本质上是奇幻的世界。后来的武侠小说大体上也正是顺着《江湖奇侠传》更重传奇的路子往前走的。

平江不肖生在南方成名，差不多同时在北方成名的有一个赵焕亭，当时有"南向北赵"之说(不肖生本名向恺然)。赵最出名的小说是《奇侠精忠传》，此书承继了清代《七侠五义》一流"侠义—公案"小说的"平话"形式，也接过了那类小说的封建正统立场，写的是奇士侠客在平定"苗乱、回乱、教匪乱"中大显身手的故事。但是作者对市井人物、人情世态的描写极生动，文笔的精彩当在不肖生之上，出大名也是有道理的。出名出得没道理的是原写言情后转入武侠的顾明道，20年代后期，《荒江女侠》令他暴得大名。此书文字粗陋拖沓，结构杂乱松散，人物苍白模糊，整个乏善可陈。这样的平庸之作能够风行一时，而且还曾改编成京戏、电影，倒是从反面说明了读者对武侠小说的需求之大，其实他之弃言情而就武侠，其本身即说明武侠已有相当的市场。

武侠小说的行情既如此看好，染指的人也就多起来。这里面滥竽充数的不少，但也委实出了几个高手。三四十年代是民国年间武侠小说的黄金时期。还珠楼主、白羽、王度庐、郑证因、朱贞木的作品风靡无数读者，时称"北派五大家"。这五人各有各的路数，各有各的绝活。还珠楼主的《蜀山剑侠传》堪称一部奇书。这书纯是向壁凿空，全凭想象。它写的是峨眉群仙"除魔卫道"的故事，起先尚可明显见出不肖生《江湖奇侠传》影响的痕迹，忽侠客，忽剑仙，体例驳杂，到后来则舍侠客而专写剑仙了。剑仙与侠客之别在于前者实为"仙"，而后者虽勇武却终是凡人。所以还珠尾随的实是《西游记》《封神演义》一类的神怪小说了。他营造了一个仙山洞府、灵丹妙药、飞剑法宝、神通变幻构成的不同于凡间的神奇世界。写斗法，写仙境，变幻莫测而又煞有介事，头头是道，一支笔又神出鬼没，雄健时如天风海雨，迫人而来；妩媚处则如天女散花，落英缤纷。这样的小说，非有奔放不羁的想象力和出神入化的大手笔不办，一般人根本写不了，所以还珠以后写剑仙的小说全不能与之相比，"剑仙"一道也渐告消亡了。

"北派五大家"余四家写的都是凡间的侠，再无剑仙、剑侠的缠夹不清。白羽小说的最大特点是叙事紧凑生动，情节曲折离奇，文笔简练挺拔。其代表作《十二金钱镖》故事不枝不蔓，紧锣密鼓，环环相扣，很能制造出一种愈演愈烈、间不容发的技击氛围，而对武功击技的渲染铺陈也绘声绘色、不同凡响。王度庐的小说可称"悲情武侠"，与众不同处在于"文戏""武戏"相交织，既有武侠小说的英雄豪气，又有言情小说的缠绵悱恻，结局则一概地慷慨悲凉。他的所谓"鹤——铁"系列包括《鹤惊昆仑》《宝剑金钗》《卧虎藏龙》等五部小说，叙述三代豪侠间"剪不断，理还乱"的恩怨情仇，颇能动人，以至于80年代内地还有人演化《卧虎藏龙》写成《玉娇龙》。郑证因与王度庐正好相反，笔下全是粗豪汉子，决无"情"的空间，代表作《鹰爪王》中，书生绝踪，女人少见，形成冷硬的"男人世界"。他之所长在于精通技击和江湖门道，善写各种神功秘艺、独门兵器之类，又喜详述江湖上的规矩、帮会组织之内幕、绿林中人的切口等等，写来历历如数家珍，因此有人将其小说比作"纸上江湖"。

朱贞木的小说以《七杀碑》《罗刹夫人》《龙吟虎啸》诸书最为出名。他的拿手戏是替武侠安排一个边疆风物的背景,借助对边疆奇风异俗的描绘造出神秘诡异的氛围,而情节就在这样的气氛中发展,始而疑云密布,终而出人意表。这令当时的读者大觉新鲜。

自平江不肖生以降的民国武侠小说,人们通称为"旧派武侠"。这里面又可分为"南向北赵"与"北派五大家"两个时期。大体说来,后一时期虽承前而来,却要成熟精致得多。还珠而外,其余四人的布局都更见合理完整,笔墨集中,不似不肖生的枝蔓粗糙,更不像顾明道的生拉硬扯,以致变成"超级裹脚布"。"北派五大家"的取材范围更为广阔,同时融入"神怪""言情""侦探"以至"社会"等成分,使"武侠"的世界更为丰富,也令其成为通俗小说各类型中最具包容性的样式。所以他们对后来者的影响尤大。像王度庐的小说,几乎使"剑胆琴心,侠骨柔肠"的武侠——言情的写法成为日后武侠小说不可更易的格式,而梁羽生、金庸笔下的域外风光、边疆民情则让我们想起朱贞木。但是不论前期还是后期,旧派武侠小说有一通病,即缺少内含、境界不高,故事常围绕着江湖恩怨、门派之争打转,这一点要到新派武侠出来才大为改观。

1949年以后,国内发生地覆天翻的变化,政治侵入到社会生活的各个领域,武侠小说的消遣娱乐性质和它不免"落伍"的意识与时代氛围不能调和,很快销声匿迹了。武侠迷只能靠一些传看得越来越破烂不堪的旧书维持他们的嗜好,而经"文革""破四旧"之后,旧书也已难寻难觅。这就难怪70年代末梁羽生、金庸的小说传入内地后,读者要欣喜若狂,恍若发现新大陆了。

与内地的情形不同，港台两地一直有人写武侠。起初多为平庸之作，内容、写作套路大略不出"北派五大家"的笼罩。50年代中期梁羽生开始写武侠，稍后金庸也投身其中，因为这两个人的出现，武侠小说有了与此前不同的面目，人们习惯地将他们的作品称为"新派武侠小说"。事实上，梁、金二人初出道时对旧派小说家仍有所依凭，梁羽生最初的小说甚至有大段大段直接照抄还珠楼主的文字，而金庸写到门派、武功之类，也时向还珠等人那里偷招。但他们的"新"也一目了然，而且越到后来越是"新"得自成面目。

大略说来，他们的"新"，一是于营造曲折紧张的情节之外也注意刻画人物了；二是武侠的奇幻世界中引入了历史的内容或视景。旧派武侠重"事"不重人，故事的发展全赖某一事件（不拘是复仇、夺镖、寻宝，还是争持武林秘籍，争为武林盟主）推动，主人公则是按照侠义标准制造出来的固定形象，在这一过程中完成派给他的侠举。所以旧派武侠小说中的人物大都是面目不清的，这部小说与那部小说、这个作者与那个作者笔下的人物无甚区别，读者能记住某部小说，大都是因其情节。

梁羽生、金庸写的既是武侠小说，生动的情节自然少不了，事实上他们在这上面的翻新出奇往往更胜于前人，可同时他们也分出神来写人物：他们的命运、他们的七情六欲、内心活动、性格气质。像金庸笔下的主人公，脾气性情一人一个样，绝不雷同。我们对金庸的书入迷，相当程度上是因为郭靖、黄蓉、杨过、萧峰、程灵素、段誉等人的性格让我们喜爱，令我们入迷，而他们的脾性如何与故事的发展息息相关。

人物形象的生动之外，新武侠给人的另一感觉是作者喜写历史。

梁、金的小说,其故事主体虽是向壁虚构,传奇性极强,却偏喜向历史攀亲戚,大都有明确的历史背景。旧派武侠作家中也有援历史入"武侠"的,不肖生《近代侠义英雄传》即以戊戌变法、辛亥革命等历史事件做穿插,所写主要人物皆确有其人。但是作者太黏着于历史上确有的事实,以致小说成为真人真事的"演义",缺少武侠迷期待的传奇性,故而行之不远。反观梁、金,"实"的历史与"虚"的豪侠故事结合在一起,"虚"为主而"实"为辅,借历史作依托又不失传奇的生动。说到底,他们的小说是"武侠",是传奇,所以《射雕英雄传》虽写宋、金之间的对峙,其高潮却端在"华山论剑"的大比武,但是因为引入了外敌入侵、民族劫难的历史背景,小说的场面更大、天地更宽,意涵也更深厚了。"新武侠"由此一跃而跳出旧派武侠纠缠于江湖仇杀、个人恩怨的狭小格局。

梁羽生与金庸齐名,事实上金与梁相比,却更要高出一头。金庸的小说更有魄力,也更具创造性。《天龙八部》《笑傲江湖》、"射雕"系列诸书,情节大起大落,结构大开大合,人物大爱大憎、大生大死,端的是惊天地泣鬼神。以"武"论,金庸舍招式而开辟内力的神奇阔大的天地,所谓"内力胜招式",而他对"内力"的描绘又渗入了他对儒、释、道各家思想的领悟,武打而又不限于武,所以他笔下的比试武功到最后竟是比试人生境界了。以"侠"论,金庸破了这类人物的理想模式,他笔下既有萧峰那样顶天立地的好汉,有杨过式桀骜不驯的浪子,有黄蓉那样伶俐顽皮的少女,也有郭靖那样智商在常人以下的"呆"侠,甚至还有韦小宝那样的无赖,皆有凡人的性情,却又将各种性格推向极致。所以有人说,梁羽生写的是"正侠",金庸写的是"邪侠"。鲁迅说,自有《红楼梦》以来,传统的思想与写法都打破了。我们也可以说，出了金庸，武侠小说的概念和写法全打破了。

　　金庸只有一个，看来很难再有人写武侠写到那样的境界了。可是金庸以后，武侠小说也还在有变，于是有所谓"超新武侠"。"超新武侠"的代表人物是古龙和温瑞安。古龙出道比梁、金晚一些，却比温瑞安早了许多，有人将他与梁、金并称为新武侠的"三大家"，其实他的小说自成面目，与其说是近于梁、金，不如说是为"超新武侠"立了门户。古龙小说与"新武侠"的不同处，可以用一"洋"字概括。梁、金二人继承侠义、讲史、言情、神怪的传统而推陈出新，其背景完全是中国的，古龙则挪用了西方通俗小说的写法，注入武侠中。他喜欢写破案，往往是某地发生了一桩奇案或异事，人皆不解，于是一侠士前往探查（有时是乔装"打进匪窟"），此人不仅有豪侠的高强武功，而且具有间谍的冷静机智、侦探过人的逻辑推理能力，迭经艰险，终于弄明真相，诛杀恶人。从中不难窥见西方侦探推理小说的影子。
　　古龙的"洋"还表现在他的文体上。熟读金庸、梁羽生的人看古龙的小说常觉不过瘾，因为在这里看不到对武功（不论是内力还是招式）笔饱墨酣的渲染描绘，他写武功只有一"快"字诀，二人交手，眨眼间已倒下一个。他的文体也恰是一个"快"字：短句，分行，快节奏，时常一句就是一节，有时一行只有几个字。据说这其实是出于"生意经"，因为台湾那时是论行付稿酬，行数多自然拿的钱多。不论是有意为之，还是意不在此，歪打正着，古龙小说的确因此更近于西方通俗小说，行文节奏比梁、金快得多。

温瑞安承袭发展了古龙的"快"字诀。他的小说与前人相比，在主题、内涵、叙事范围上并无多大突破，只是在单刀直入、明快利落这一点上更要超过古龙。新武侠的叙述法是传统的评话说书式的，所有情节的来龙去脉均有不厌其烦的详尽交代，开首必有长长的"入话"，像梁、金的小说，往往几行乃至上千字写下来，主人公还未露面。温瑞安则像古龙一样，开门见山，人物立时亮相，冲突马上展开，而与此无关的交代、铺陈、评述一概取消。如果说新武侠往往逡巡于"过去时"与"现在时"之间的话，"超新武侠"则是一下进入到"正在进行时"。为了保证这种紧张的"进行"状态，温瑞安常用电影的手法，往往只写画面、动作、对白以及氛围的提示。场景的变幻特别快，有似电影的蒙太奇，背景的交代、人物情感的细致描绘则都减免了，所以看他的小说有时就像是在读电影剧本。

总起来说，古龙、温瑞安的成就远不能与金庸相比，温瑞安小说封面上虽屡屡标有"超新武侠"的字样，但那不过是商家招徕读者的广告术，视为与新武侠有别则可，以为真是"超"了，那就大错特错。现今的武侠小说作者，不论是港、台还是在海外华人圈子，都不具备梁羽生的文史功底，更没有金庸的气魄手眼，修养不够，腹笥不广，眼界不宽，胸襟太小，自然觉得"超新武侠"比新武侠反倒容易追随，故而大多走了古龙、温瑞安的路子，又因古龙、温瑞安小说轻快的叙述颇能吻合当今人们生活的紧张节奏，所以如今的武侠小说俨然是"超新武侠"的时代了，内地也不例外。

说到内地，情形真叫人沮丧。正如娱乐片市场让港、台占尽风光一样，武侠小说我们似乎也只有看的份儿，当今没有哪位内地作家能在武坛上占有一席之地。倒是也出过冯育楠、残墨等人，但其作品教化的意味太重，且写得太实太干，缺少传奇性，因此形不成气候。近年更糟，没有走俏的作品不说，有些人为金钱所诱，剽窃、假冒港台成名人物的作品，更有甚者，有的人又迎合低级趣味，硬往武侠小说里加暴力、色情的佐料，内地的武侠写作因此更见得萎靡不振了。

梁羽生移居澳大利亚，金庸早已"金盆洗手"，古龙早逝，温瑞安的小说似乎今不如昔，大有一蟹不如一蟹之势，海外其他作者更等而下之，内地的作者则高者也还在初段水平，因此武侠小说现而今是处在萧条的时期。武侠迷有时只好靠"复习"金庸等人的名作聊以解馋，另一方面，二三流的作品也还是在看。这既说明读者仍然希望不断看到新作，也说明武侠小说提供了其他小说不能提供的趣味，其样式本身就有一种号召力，众多的读者已经养成了读武侠的习惯，难寻佳构，次品也将就着看。这正像现在人们已离不开电视，没有好节目，孬的也凑合，一边骂一边看一样。但是既然有需求，既然许多人对眼下的武侠感到不满，那么即使按照供求相需的市场规律，佳作也总会出现的吧？——显然"金大侠"那样的大手笔恐怕是很难见到了。

后　记

　　长长短短的文章放在一处，成为一本书了，当然就应该有个书名。书名，有"意在笔先"的，也有事后"追认"的，无论如何，总要有个说法。我这"破题"却很难做：这里的文章都与现当代文学有关，是由读相关书籍而引来的对于现当代文坛的一些人、事、现象的思考和零星的感想，虽然大体上也有个范围，却很难说有什么主题上的同一性。拟了几个题目，总觉不得要领，不得已，索性就用其中一篇的标题做了书名。以篇名做书名，通常总是因此篇在书中占有特殊位置，或为得意之笔，或者能够笼罩全书，提示基本线索或暗示作者的立场态度。"事迹与心迹"与这几种情形都不相干，挑它做书名，其理由是最不成其为理由的：将书中各篇的标题放到一处，比较起来，只几篇似还煞有介事，看去像个书名——"事迹与心迹"是其中之一。

　　原先是想用"雅俗之间"做书名的，"后记"都写好了，还转弯抹角"捏造"了些"说法"："'雅俗之间'这名目本身也容易产生歧义——似乎是谈论严肃文学与通俗文学的某个中间地带，又或谈论雅俗间的融合、渗透之类。其实那篇短文本身只是对一桩小小文学公案并无结果的考索,见出的倒是新文学作家与通俗作家之间的壁垒分明。若要就作为书名的'雅俗之间'再勉为其难地'追认'一番,则只好说那字面里有'雅'、'俗'二字,而集在这里的文章有涉及严肃文学者,亦有涉及通俗文学者,虽然篇幅上实在不成比例。此外,这里的文章大体应算是随笔一路的,比起旁征博引、峨冠博带的严谨论文,多几分随意,似近于'俗';然议论者多为书人书事,毗邻专业的领域,旨趣时或严肃正经,似也同'雅'沾着边,倒像是在'之间'了。——如此生硬、牵强地'追认',实有没话找话的嫌疑,好在书名毕竟也只是个名目而已,就以此自解自慰吧。"

但后来想想,还是选"事迹与心迹"做书名更合适。一则"雅俗之间"仍显得正经,容易被误认为理论著述之类,见不出本书的性质和文体特征;二则书中谈论的多是旧人旧事,也多是对"事"与"心"两面均有所涉,故就内容而言,用"事迹与心迹"比"雅俗之间"涵盖面大些,似乎也更说得通。

"事迹",《现代汉语词典》里给的解释是"个人或集体做过的比较重要的事情",我不知道这里所言之"事"是否算得上重要,要之总是一些可考的事实吧。由这方面的内容,原也想到过"现代文坛散记"一类的题目,但印象中这类书名总是与掌故、考证相联系,我很喜欢读这一类的书,可惜读书太少,腹笥不广,做不出这一类的文章,又太喜欢从"事迹"中生发出议论,用类似的书名,实有鱼目混珠之嫌。另一方面,"事迹"的后面是"心迹",言人言事,我总忍不住往这上面妄加猜测。《辞海》"心迹"一条曰"犹言存心,心志",对于我,该词的意思要朦胧得多,"心意""心思""心事""心理""心境""心绪",又或"心路历程"之类,统统搅在里面,不大分得清,但我却含混地喜欢这个词的味道,有时候也望文生义地径直解作"心"留下的痕迹,可察知的意识活动,这个"心"在不少情况下是复数的。

不论对"事迹"还是"心迹",我皆怀有浓厚的兴趣。书中的绝大部分都是关于现代文坛的种种,不知为何,那个年代一直令我神往。在某种程度上,这本书对"事迹"与"心迹"的探寻也是对那个时代的遥想,所以多多少少,也有些个人的"心迹"混在里面。要说这里也有什么学术上的企图,则是想摸摸文学史的边边角角,一些边缘的东西,借个别的"事迹"与"心迹"去多角度地感知作家作品和那段历史,并引发一些多少带有普遍意义的思考,后者也是书中"升华"出诸多议论的原因。

但是考索"事迹"不易,辨明"心迹"犹难,特别是对一些复杂的作家,一些复杂的问题,议论起来,要真正切于事,当于心,谈何容易?然这却是我希望努力做到的——"虽不能至,心向往之"。

1997 年 6 月于南京西大影壁